KB271838

절대강호
絶代强虎
FANTASTIC ORIENTAL HEROES
장영훈 新무협 판타지 소설
절대강호
絶代强虎

절대강호 3

장영훈 新무협 판타지 소설

초판 1쇄 찍은 날 § 2011년 5월 12일
초판 1쇄 펴낸 날 § 2011년 5월 17일

지은이 § 장영훈
펴낸이 § 서경석

편집책임 § 유경화
편집 § 주소영 · 어정원

펴낸곳 § 도서출판 청어람
등록번호 § 제1081-1-89호
등록일자 § 1999. 5. 31
어람번호 § 제2-2087호

주소 § 경기도 부천시 원미구 심곡2동 163-2 서경B/D 3F (우) 420-822
전화 § 032-656-4452 팩스 § 032-656-4453
http://www.chungeoram.com
E-mail § chungeoram@chungeoram.com

ⓒ 장영훈, 2011

ISBN 978-89-251-2505-3 04810
ISBN 978-89-251-2465-0 (세트)

※ 파본은 구입하신 서점에서 교환하여 드립니다.
※ 저자와 협의하여 인지를 붙이지 않습니다.
※ 이 책은 도서출판 청어람과 저작자의 계약에 의해 출판된 것이므로,
　무단 전재 및 유포 · 공유를 금합니다.

절대강호

絶代强虎

FANTASTIC ORIENTAL HEROES

장영훈 新무협 판타지 소설

目次

第二十一章
보상

절대
강호

　몰려든 먹구름에 주위가 어두워졌다. 멀리서 몇 차례 천둥소리가 들려오더니 이내 한바탕 비가 쏟아지기 시작했다.

　쏴아아아아.

　적호는 처마 아래에 서서 내리는 비를 쳐다보고 있었다.

　이곳은 신군맹 본단에서 멀리 떨어진 외곽의 한 장원이었다. 이곳 장원은 일전에 신비루주 야공과 주화인이 밀담을 나눴던 바로 그곳이었다. 주화인이 중요한 일이 있을 때 안가로 사용하는 곳이었는데, 오늘 이곳에서 소운을 인계하기로 한 것이다.

　장원에는 전에 없는 철통같은 경계가 펼쳐져 있었다. 사방에 매복한 무인들의 기도가 빗줄기 속에서도 느껴졌다.

소운은 방에서 잠들어 있었다. 탈출했다는 안도감에 긴장이 풀리며 피곤이 몰려든 것이다.

적호 역시 마찬가지였다. 머리를 바닥에 대면 그대로 곯아떨어질 것 같았다. 그나마 비라도 내리니 가슴이 시원했다.

조금 있으면 삼공녀 측에서 사람이 나올 것이다. 아마도 가화, 그녀가 올 것이다.

적호의 눈빛이 가늘어지며 강렬한 기운을 뿜어냈다.

더 이상 그녀에 대한 미련은 없다. 그녀가 서현이를 언급하던 그 순간부터.

툭툭툭!

빗줄기가 거세지며 적호의 바짓자락으로 흙탕물이 튀었다.

적호가 한 발짝 뒤로 물러났다.

문득 이번 일도 이와 같다는 생각이 들었다. 내리는 비를 막을 수는 없다. 하지만 자신에게 튀는 흙탕물을 피할 수는 있다.

마찬가지다. 그들의 권력 싸움에 휘말린 것은 자신이 어쩔 수 없는 일이었다. 하지만 그 권력 싸움의 희생양이 되는 것은 피할 수 있다.

문득 이 년 전, 그날이 떠올랐다.

쏴아아아아.

빗물 소리가 점점 더 커지며 폭포 소리로 변해갔다.

콰아아아아!

쏟아지는 폭포에도 피 냄새가 가시는 것 같지 않다. 기분 문제였다.

당장에라도 서현이에게 달려가고 싶었지만, 혹시라도 아이가 피 냄새를 맡을까 두려웠다.

대부분의 임무들이 위험했지만 이번 임무만큼은 아니었다. 거의 죽을 뻔한 나를 가화란 여인이 구해주었다.

그녀가 아니었다면, 더 이상 서현이를 볼 수 없었을 것이다.

산전수전 다 겪었다지만, 딸을 두고 떠난다거나 먼저 죽는다는 생각을 할 때면 가슴이 울컥해진다.

모든 것을 하늘에 맡기고 순응해서 살고자 하는 운명론도 이 부분만은 적용시키고 싶지 않다.

"강호야."

부르는 소리에 돌아보니 사부님이 바위 위에 서 계셨다.

"사부님."

"살가죽을 다 벗길 작정이더냐. 그만 나오너라."

"네."

밖으로 나와 몸을 닦고 옷을 입는 동안, 사부님은 말없이 내 몸에 난 상처를 쳐다보고 계셨다.

"밥은 잘 챙겨먹고 다니느냐?"

"네. 그간……."

안부를 여쭈려는데 마음이 울컥해서 말문이 막혔다. 못 뵌지 불과 몇 년인데 그사이 부쩍 늙으신 것 같다. 모든 것이 못난 제자 탓인 것 같아 죄스런 마음이다.

사부께서 웃으며 말씀하셨다.

"나야 기체후 일양만강에 별래무양, 거기다 옥체만안하시다. 하하하."

여전히 변함없는 미소였다.

"…사부님."

"난 괜찮다, 정말 괜찮다. 현이와 함께 있는데 괜찮고말고. 나야 괜찮다만… 넌 어떠냐?"

솔직히 말씀드리면 힘들다. 끝없는 임무들, 아무리 악인이라 해도 사람을 죽이는 일이다. 하지만 사부님이 계셔서, 이렇게 든든히 딸아이를 지켜주고 계셔서, 그래서 괜찮다.

"가자꾸나, 아침나절부터 현이가 기다린다."

사부님과 함께 숲길을 걸었다.

나야 내 딸 일이니 모든 것을 희생한다지만, 사부님은 제자의 혈육을 위해 모든 것을 희생하고 계시다.

희생? 아니다. 틀린 말이다. 현이에 대한 사부님의 애정에 희생이란 단어를 쓴다는 자체가 큰 무례가 될 것이다. 사부님은 현이를 친손녀보다 더 사랑하시니까.

문득 상념에서 깨니 눈앞에 요요한 안개가 흐르고 있었다.

"안개가 이상합니다."

사부님께서 미소를 지으셨다.

"알아차렸느냐? 역시 아직 멀었구나."

날 나무라시는 건 줄 알았는데, 스스로에게 하신 말씀이셨다.

"요즘 소일 삼아 진법에 대해 공부를 하고 있단다. 사상혼원진(四象混元陣)이라고 잠시 길을 헤매게 하는 진법이지. 대충 흉내만 내어둔 미완진이다. 제대로 움직이려면 한 몇 년은 더 공부를 해야 할 것 같구나."

"현이 때문이십니까?"

"사람 앞일을 어찌 알겠느냐? 시간이 남을 때, 미리미리 방비를 세우는 것이지."

사부님은 혹시나 있을지 모를 위험을 벌써부터 생각하고 계셨다.

내가 하는 일을 생각하면 당연한 일이었다. 나 역시 이번 임무에서 죽을 뻔했다. 언제 또 위기가 닥칠지, 그래서 그 일로 서현이를 위협하게 될지 알 수 없는 일이다.

잠시 후, 폭포 근처의 작은 초옥에 도착했다.

의선 사공후가 마당의 평상에 앉아 약초를 다루고 있었다.

그에게 정중히 인사했다. 그가 아니었다면… 오늘도 없을 것이다.

"잘 지내셨습니까?"

"왔는가?"

그가 호의적인 웃음을 지어 보였다.

"현이는 지금 자고 있네."

지난번에 왔을 때, 사부를 통해서 들었다. 그는 내가 이렇게까지 잘해낼 줄 몰랐다고 했단다.

그건 나 역시 마찬가지였다. 그가 이렇게 헌신적으로 서현이를 위해줄 줄은 몰랐다.

아직 젊어서였을까? 기본적으로 난 강호에 대한 불신감이 많았다. 겉과 속이 다른 사람들이 넘쳐 나는, 그래서 탐욕과 배신이 가득한 인간군상들이 강해지기 위해서라면 무슨 짓이든 저지르는 그 강호의 야만성을 경계했다.

하지만 사공후를 통해 이 강호가 꼭 그런 것만이 아니란 것을 깨닫는다.

"치료는 잘 진행되고 있네."

"감사합니다."

그에 대한 고마움은 말로 표현할 수 있는 것이 아니었다. 그도 이제는 서현이를 친손녀처럼 대하고 있었다.

그 역시 젊은 시절 가족을 잃고 혼자 살아왔다.

그러고 보면 나도 그렇고, 과거를 알 수 없는 사부님도 그렇고 모두들 외로운 삶이다.

"우리가 이곳 북해로 자리를 잡은 것은 이유가 있네. 지금까지는 양기로써 아이를 지켜왔지만 이제부터는 반대로 치료를 해야 하네. 지금부터 대법을 시행할 이 년 후까지 양기는 아이에게 독이네. 오직 음기로만 아이를 다스려야 하지. 하루에 정확히 열두 번, 극음의 기운으로 혈맥을 두드려야 하지. 극음의 신공을 익힌 고수가 아니라면 불가능한 치료라네."

난 깜짝 놀랐다. 수라팔절은 극양을 기반으로 한 무공이었다. 사부님과 난 조금도 도움이 될 수 없었다.

사공후가 미소를 지으며 말을 이었다.

　“다행히 이곳의 북해빙궁에서 한빙옥(寒氷玉)을 빌릴 수 있었네.”

　한빙옥은 단지 음기만 뿜는 보물이 아니라, 음기로 몸을 보하고 강호인이라면 내력의 증진까지 꾀할 수 있는 북해빙궁의 십대기물 중 하나였다.

　사부님이 슬쩍 한마디 던지셨다.

　“그 일로 사공 선생께서 애 많이 쓰셨다.”

　사공후가 그 치하는 사부님께 할 말이라는 표정으로 고개를 내저었다. 외부에 대해 지극히 폐쇄적인 북해빙궁에서 쉽게 한빙옥을 내줬을 리 없다.

　두 분이 얼마나 고생했을지는 굳이 말로 듣지 않아도 알 수 있었다.

　나는 두말 않고 그 자리에서 사공후에게 큰절을 올렸다. 사부께서 잘했다는 표정으로 고개를 끄덕였다. 그만큼 사공후의 고생이 크다는 뜻이었다.

　사공후가 달려와 나를 일으켰다.

　“이 사람아, 이러지 말게.”

　그가 내 손을 잡고 말했다.

　“이제 얼마 남지 않았네. 조금만 더 참고 견디세.”

　앞으로 이 년, 딱 이 년만 참으면 된다.

　그때, 문이 빠끔히 열렸다.

　고개를 내민 것은 서현이었다.

　올해 여덟 살이 된 서현이는 부쩍 키가 커서 못 알아볼 정도로 자라 있었다.

얼굴을 보는 순간 가슴이 울컥했다.

순간 눈물이 앞을 가려 시야가 흐려졌다.

마당을 가로지르며 서현이가 뛰어와 와락, 품 안에 안겼다.

"아빠!"

못 본 지 꽤 돼서 어색해할 줄 알았는데.

서현이는 마치 어제 본 것처럼 친근하게 굴고 있었다. 아마도 사부님께서 항상 내 이야기를 해주시나 보다.

"잘 지냈느냐?"

"아빠, 보고 싶었어요!"

오히려 어색해하고 떨리는 것은 나다.

"아빠, 울어?"

"아니. 우리 서현이 정말 예뻐졌구나."

"헤헤. 나중에 천하제일미 대회 열리면 할아버지께서 데려가 주신다고 했어."

"천하제일미는 당연한 거고, 고금제일미 대회에 나가야지."

"그럴까?"

다시 한 번 서현이를 꼭 안았다.

미소를 지으며 그 모습을 지켜보던 사부님과 사공후가 자리를 피해주었다.

서현이와 나란히 평상에 앉았다. 서현이가 내 얼굴을 빤히 쳐다본다.

"왜?"

“전에 봤을 때보다 살이 많이 빠진 것 같아.”

“그때 기억나?”

“그럼. 만날만날 그날 생각하면서 잠드는걸.”

서현이의 머리를 쓰다듬어 주었다.

“할아버지 말씀 잘 듣고 있지?”

“그럼. 할아버지가 글도 가르쳐 주시고, 피리 부는 법도 가르쳐 주셨어.”

“좋겠구나.”

“헤헤, 그래도 아빠랑 있는 게 더 좋아.”

나도 모르게 어금니를 깨물었다. 아이에게 있어 가장 중요한 시간을 함께 있어주지 못한 미안함이 밀려든 탓이다.

“아빠, 우리 언제 같이 살 수 있어?”

“조금만 있으면.”

“이 년?”

“들었니?”

“응. 할아버지가 이 년 후면 함께 살 수 있을 거라고 했어. 그때면 나도 건강해질 거라고.”

“그래. 이 년 후에 같이 살 거야.”

“빨리 시간이 갔으면 좋겠다.”

서현이가 나를 보며 활짝 웃었다.

그래, 정말이지 빨리 시간이 갔으면 좋겠다. 시간을 빨리 가게 하는 무공이 있다면 단 일각도 쉬지 않고 연마할 것이다.

네가 다 낫고 나면 아빠는 너랑 하고 싶은 것이 너무 많단다. 강호유람을 다니며 좋은 것만 보게 하고, 온갖 산해진미를 다 먹여줄 것이다.

"그때까지 아빠도 건강해야 해."

"응."

"일 너무 무리하게 하지 말고."

"존명! 고금제일미의 분부, 확실히 받들겠나이다."

"헤헤헤."

서현이가 내 팔에 머리를 기댔다.

"아빠, 나 잠 와."

몇 마디 하지도 못했는데, 그새 피곤한 모양이었다.

"아빠 오면 같이 놀려고 어제 일찍 잤는……."

서현이가 스르륵 잠이 들었다.

나도 모르게 한숨이 나왔다. 울컥한 마음에 고개를 들어 하늘을 보았다.

이 어린것도 병과 싸우며 운명을 이겨내려 하고 있다.

그래, 나도 이겨내야지.

잘 왔다는 생각이 든다. 앞으로 이 년간을 버틸 수 있는 힘을 다 얻은 기분이었다.

조심스럽게 서현이를 안아 방 안의 침상에 눕혔다.

한참을 그 옆에 서서 새근새근 잠든 딸아이를 쳐다보았다. 이렇게 살아 있어서, 아이를 이렇게 볼 수 있어서 너무 기쁘다.

더 바랄 것은 없다.

건강해지기만 한다면. 천하에서 가장 못생겨도, 천하에서

가장 머리가 나빠도 상관없다. 건강하게 네 삶을 살아갈 수만
있다면.

"조금만 더 견뎌다오."

문을 열고 밖으로 나왔다.

끼이익.

문 열리는 소리와 함께 주화인이 장원으로 들어섰다.

"나와 있었네?"

그녀의 등장으로 이 년 전 그날이 내리는 빗물에 씻겨 사라
졌다.

쏴아아아.

우비를 받쳐 든 그녀는 가화로 분해 있었다.

"방 안이 답답해서."

적호는 적의를 드러내지도, 친근하게 굴지도 않았다.

"당신이라면 해낼 줄 알았지."

"문제가 하나 생겼다."

"무슨 문제?"

"그녀를 구해오는 것을 다른 십이귀병이 목격했어."

구조를 온 취후와 청사가 소운을 목격한 것이 문제였다.

그리고 정작 문제는 취후나 청사가 아니었다. 그들은 그녀
에 대해 아무 의심도 가지지 않을 것이다. 아니, 애초에 신경
쓰지도 않을 것이다. 그저 임무 중 하나이겠거니 생각할 것이
다. 자신이라도 그랬을 것이니까.

문제는 그들의 비선이었다. 구출 과정에 대해 비선들이 보고를 할 것이고, 그 보고는 기록에 남게 될 것이다. 운이 좋으면 그에 대해서 그냥 넘어가겠지만, 그건 정말 운이 좋았을 경우에 해당되는 일이었다.

주화인이 고개를 끄덕이며 말했다.

"그 문제는 내가 처리할게."

중요한 문제였지만 적호는 더 이상 그에 대해 언급하지 않았다.

그녀는 삼공녀의 하수인이라고 했지만, 이럴 때 보여주는 신뢰감은 단순한 하수인 이상의 어떤 힘이 있었다. 그녀의 기도가 이럴진대 그녀를 부리는 삼공녀는 어떤 기도를 지녔을지 궁금했다.

"들어가 봐, 안에서 기다리고 있으니까."

용건을 다 마쳤다는 듯 적호가 냉정히 돌아섰다.

"잠깐만."

"더 할 말이 남았나?"

"우리가 언제쯤 움직일 것인지는 알아야 하지 않겠어?"

"무슨 뜻이지?"

"아직은 아니라고. 그러니 천천히 결정해도 돼. 우릴 믿을 건지, 말 건지. 이곳을 빠져나갈 건지, 그대로 있을 건지."

배려라면 배려였지만 적호는 전혀 고마워하지 않았다.

"지난번에도 말했듯이 당신은 우리가 지켜줄 거야."

"그럼 너희는 누가 지켜주지?"

적호의 냉소를 주화인이 농담으로 받아넘겼다.

"걱정되면 당신이 지켜줘."

"관심없어."

"그래, 거기까진 안 바라. 대신 당분간은 맹을 떠나지 않고 휘각의 명령에 따라줬으면 해."

"왜지?"

"당신이 돌발행동을 하면, 앞서의 임무도 의심받게 될 테니까."

적호는 잠시 주화인을 응시했다. 그녀를 이런 기분으로 봐야 하는 것이 조금 서글펐다.

하지만 어설픈 감정은 이제 금물이다. 그녀는 적이란 이름이 붙은 존재보다 더 위험하다.

"그러지."

"고마워. 그리고 나를 보고 싶으면 호숫가에서 열두 번째 배와 세 개의 낚싯대를 빌려. 그럼 나를 만날 수 있을 거야."

적호가 묵묵히 고개를 끄덕이며 걸어나갔다. 열두 번째는 십이귀병을, 세 번째는 십이지 중 세 번째인 자신을 지칭하는 것이다. 설마 그녀는 이런 식으로 다른 귀병과도 만나는 것은 아닐까?

떠나가는 적호를 주화인은 한참 동안 그렇게 바라보았다.

옆으로 이단심이 다가왔다. 소운이 있는 방을 힐끗 보며 그녀가 물었다.

"지금 만나시겠습니까?"

주화인이 고개를 내저었다.

"지금은 신경이 곤두서 있을 거야. 한 며칠 쉬게 하도록."

"알겠습니다. 한데 여쭐 것이 있습니다."

"뭔데?"

"무례한 질문, 미리 용서를 빌겠습니다."

비장하게 말문을 여는 그녀에 비해 주화인은 담담했다.

"뜸 들이지 말고 물어."

"정말 그분께 시간을 주실 작정이십니까? 정말 그분을 지켜 주실 작정이십니까?"

"왜 그런 질문을 하지?"

"위험하다고 판단해서입니다. 그가, 아니, 그분이 이대로 그 냥 있을 것 같지 않습니다."

주화인이 피식 웃었다.

"웃으실 일이 아닙니다."

"좋아. 그럼 어떻게 할까? 그를 제거할까?"

그러자 이단심이 큰마음을 먹은 표정으로 대답했다.

"네. 가능하다면요."

주화인이 가만히 이단심을 응시했다.

이단심은 그 무심한 눈빛을 감당하지 못하고 두 눈을 질끈 감았다.

뺨이라도 한 대 맞을 각오를 하고 있었는데, 의외의 대답이 들려왔다.

"그래, 제거할 수만 있다면 그것도 좋겠지."

“네?”

이단심이 눈을 번쩍 떴다.

“하지만 그럴 필요가 없어.”

“무슨 말씀이시죠?”

“우리가 아니라도 그를 죽이려는 사람이 있을 테니까.”

여전히 이단심은 이해가 안 된다는 표정을 지었다.

주화인이 부드러운 어조로 말했다.

“반대의 경우였다고 가정해 봐. 내 명령에 의해 그가 내 자식을 죽였어. 아마도 난 꽤나 마음이 넓은 편이니 그를 죽이지 않기로 마음먹을 거야. 틀림없어. 하지만…….”

그제야 이단심이 그녀의 말을 이해했다.

이단심이 조금 침울한 표정으로 말했다.

“…제가 그냥 있지 않겠군요.”

주화인이 희미하게 웃으며 고개를 끄덕였다.

“사형에게도 그런 충성스런 수하가 있지.”

이단심이 침을 꿀꺽 삼켰다. 바로 진충이었다.

“아가씬 애초에 그를 지켜주지 않을 작정이셨군요.”

“그도 알고 있어, 내 말이 거짓이란 것을.”

“안다고요?”

“당연히. 그는 아주 예민한 사람이거든, 특히 생존에 관련해서는.”

“하지만 아가씨는?”

“그를 사랑하지 않느냐고? 이 일이 끝날 때까지 네가 몇 번을 물을지 모르겠군. 그 대답을 미리 하지. 백 번을 물어도 대답은 같아. 그를 여전히 사랑해. 앞으로도 사랑할 거고. 그가 죽은 후에도 잊지 못하고 사랑할 거야. 내 손으로 그를 죽여도, 그의 손에 죽어도 그를 사랑해. 난 더 이상 사랑 따윈 하지 않을 작정이니, 그가 내 마지막 사랑이야.”

“아가씨.”

“하지만 그를 사랑한다는 이유로 대세를 거스르는 일 따윈 하지 않아. 그게 나란 여자고, 그에 대한 내 사랑이야.”

주화인이 한숨을 내쉬며 하늘을 올려다보았다.

“그래, 인정해. 너무나 이기적인 사랑이란 것을. 하지만 어쩌겠어? 그게 내가 배운 사랑의 전부인걸…….”

＊　　＊　　＊

적호가 안가로 돌아왔을 때, 그곳에는 엄백양이 기다리고 있었다.

“자네가 해낼 줄 알았네.”

공식적으로 임무는 성공했다.

화사객의 시체에 육로의 목걸이를 남겼고, 육로가 백소운이었다고 보고한 것이다.

철혈대로가 암살당했고, 연이 같은 편이 되어준 이상 휘각은 그 보고를 전적으로 믿었다.

“고생했네.”

“별말씀을.”

담담히 대답하는 적호를 엄백양은 감탄하며 쳐다보았다. 정말이지 눈앞의 이 사내는 실패란 단어 자체를 모르는 것만 같다. 철혈대로를 자신의 집무실에서 암살하고, 거기다 대공자의 혈육을 제거하는 임무까지 완벽히 처리하고 탈출했다. 자신의 손에 쥐어진 봉투 속의 돈이 결코 아깝지 않았다.

“자, 여기 있네.”

엄백양이 봉투를 건넸다.

봉투 속에는 삼만 오천 냥이 들어 있었다. 약속한 삼만 냥보다 많은 액수였다.

“오천 냥은 이전 임무에 대한 보상이네.”

그것은 바로 휘각주 구양서의 구출 임무였다. 아마도 이 오천 냥은 휘각주 개인의 주머니에서 나온 돈일 것이다. 생각보다 많은 액수였다.

임무는 완수하지 않았지만 적호는 망설임없이 돈을 받았다.

돈을 받지 않으면 당장 의심할 것이다. 그리고 어차피 이 돈을 받느냐 마느냐의 문제는 이제 아무 상관도 없었다. 나중에 모든 일이 밝혀졌을 때는, 도덕성의 문제가 아니라 생사의 문제가 될 것이다.

“부상을 당했다던데 어떤가?”

“견딜 만하오.”

엄백양이 다시 품 안에서 무엇인가를 꺼냈다.

“복용하게.”

그가 건넨 목곽을 열어보니 하수오가 한 뿌리 들어 있었다. 크기로 볼 때, 몇천 냥은 되는 것 같았다. 적어도 복용 즉시 이삼 년의 공력을 얻을 수 있는 크기였다.

"마다하지 않겠소."

적호는 사양하지 않았다. 이 하수오면 이번 작전에서 소모된 진기와 내력을 완전히 보충하고도 남을 것 같았다.

"한 며칠 이곳에서 편히 쉬게. 이후에 비선을 통해 새로운 위장 신분이 내려갈 것이네. 자세한 내용은 그녀를 통해 듣게."

"알겠소."

"앞으로도 맹을 위해 충성을 다해주게."

엄백양이 그곳을 떠나갔다.

적호가 한옆의 자리에 앉았다. 긴장이 풀리며 뒤늦게 피곤함이 몰려들었다. 사악련에서의 그 피 말리던 순간이 주마등처럼 스쳐 지나갔다. 정말이지 어려운 임무였다. 연이 돕지 않았다면 결코 성공하지 못했을 것이다.

적호가 하수오를 천천히 씹어 삼켰다. 고구마를 씹는 맛이었지만 그 향은 정말이지 감탄이 나올 정도로 향긋했다.

하수오를 복용하는 방법은 여러 가지 있었다. 환으로 만들어 먹을 수도 있고, 달여 먹어도 된다. 적호는 생으로 그냥 먹는 방법을 택했다. 예전에 사부님과 함께 수련할 때, 여러 뿌리를 복용해 본 적이 있었다.

문제는 어떻게 복용하느냐가 아니라, 복용한 후 어떻게 제대로 흡수하느냐다.

적호가 가부좌를 틀고 앉았다. 진기를 다스리며 하수오의 효능을 몸에 흡수하기 시작했다.

스스스스.

적호의 몸에서 김이 새어 나오듯 열기가 퍼져 나왔다.

얼마나 시간이 흘렀을까?

적호가 눈을 번쩍 떴다.

피곤이 싹 가신 적호의 눈빛은 팔팔하고 생기가 넘쳤다. 생각보다 효능이 좋아서, 적어도 사 년 이상을 수련해야 얻을 수 있는 내공을 얻었다.

같은 영약이라도 받아들이는 사람의 체질과 재능에 따라 그 효능이 달라지는데, 지금 적호는 그 효능의 구 할 이상을 얻을 수 있는 경지에 도달해 있었다.

적호가 자리에서 일어나 창가로 걸어갔다.

문득 주화인의 말이 떠올랐다.

'나와 서현이를 지켜주겠다고?'

적호의 입가에 비웃음이 스쳤다. 참으로 웃긴 소리다.

지켜주는 것은 바라지도 않는다. 더 이상 해코지나 하지 않으면 다행이다. 권력에 빠진 자의 말을 그대로 믿을 만큼 적호는 순진하지 않았다.

연을 통해 사부님께 서찰을 보냈다. 연을 통한 서찰은 적호가 선택할 수 있는 가장 확실하고 빠른 방법이었다. 물론 서찰의 내용은 사부님과 자신만이 아는 암호를 사용했다.

연은 전적으로 믿었지만, 그 전달 체계까지 믿지는 않았다. 북해까지는 제법 거리가 있었고, 그사이 어떤 일이 생길지 모를 일이니까.

서찰에 지금의 상황에 대해 정확히 적었다. 걱정하실까 봐 상황을 숨기는 것은 옳지 않다.

어려운 상황에서 가장 좋지 못한 버릇은 현실도피다. 위기일수록 정면으로 돌파해야 한다. 정직하게 상황에 대처해야 한다.

당장에라도 몸을 빼내 북해로 달려가지 않는 이유는 서현이의 상태가 어떤지 알 수 없기 때문이었다. 힘든 치료를 받아온 서현이가 무리한 도주를 견딜 수 없을 가능성이 많았다. 일단은 사부님의 답장을 기다려야 했다.

눈치로 볼 때, 다행히 삼공녀 측은 한 가지를 모르고 있다.

바로 사부님의 존재를.

그녀는 명령만 내리면 쉽게 서현이를 죽일 수 있다고 생각하고 있다. 그건 착각이다. 사부님을 상대하려면 너희 기둥뿌리를 몇 개는 뽑아야 할 것이다.

물론 신군맹과 정면으로 싸울 생각은 전혀 없다. 서현이는 물론이고 사부님을 이 싸움에 끌어들이지 않을 것이다. 한 점의 티끌도 튀지 않게 처리할 것이다. 반드시!

적호가 다시 가부좌를 틀고 앉아 심법 삼매경에 빠져들었다.

하수오의 기분 좋은 향이 방 안을 가득 채웠다.

                    *   *   *

“사실 전 병에 걸렸어요.”

그 말에 휘각 작전실 내에 있던 세 사람의 시선이 한곳에 집중되었다.

묻지도 않은 말을 꺼낸 사람은 바로 신입인 조비랑이었다. 그는 침울한 표정으로 연신 한숨을 내쉬고 있었다.

그를 보며 홍사백이 눈을 가늘게 떴다.

“우리 관심을 끌려 한 것이라면 일단 성공이다.”

임영달이 감자 깎던 손길을 멈추고 물었다.

“무슨 병인데?”

조비랑이 한숨을 내쉬었다.

“완벽을 추구하는… 일종의 결벽증이죠.”

휙! 퍽!

임영달이 던진 신발이 조비랑의 머리통에 맞았다.

조비랑이 머리통을 부여잡고 아프다며 엄살을 피웠다.

그때 왕소찬이 닷새째 감지 않은 머리를 긁적이며 말했다.

“청결을 추구하는… 결벽증이라면 나도 좀 있지. 그거 괴롭지.”

그 말에 임영달이 어이없다는 표정으로 홍사백을 쳐다보았다.

“아! 누굴 먼저 죽일까요?”

홍사백이 턱짓으로 조비랑을 가리켰다.

"세상 사람들은 이런 경우, 저놈을 원흉이라고 부르지."

임영달이 남은 신발을 벗어 던지려고 하자, 조비랑이 책상 위에 가득 쌓인 서류 뒤로 숨었다.

홍사백이 물었다.

"그런데 저놈, 아직도 저걸 다 검토하고 있는 중이야?"

"그런가 보네요."

"미친놈!"

조비랑이 고개를 내밀었다.

"미친 게 아니라 결벽증이라니까요."

"됐고! 넌 왜 그리 처절하게 미쳤는지 이유나 알자."

"제가 모르는 것이 있다고 생각하니, 일이 손에 잡히지 않습니다. 잠도 오지 않고요."

임영달이 끼어들었다.

"이놈아, 그럼 그건 결벽증이 아니라 강박증이지."

"아, 그런가요?"

홍사백이 버럭 소리쳤다.

"아니! 넌 그냥 미친 거야!"

조비랑이 한숨을 내쉬었다.

"뭐, 어쨌든 덕분에 육 년 전까지 선배님들이 해내신 일들을 완벽하게 파악해 냈습니다. 이제 오늘부터는 오 년 전 임무들입니다."

홍사백이 황당하다는 표정으로 말했다.

"정말 다 파악하려고?"

"당연하지요. 이제 곧 완벽하게 선배님들과 동화될 겁니다."

홍사백이 고개를 내저었다.

"그런데 저놈에게 일 안 맡겼어? 신입이 저렇게 한가해도 돼?"

그러자 임영달이 감자를 다시 깎으며 대답했다.

"제 일 다 끝내고 저 지랄 중입니다."

"그래?"

보기보단 일 처리가 빠른 조비랑이었다.

씩 웃는 조비랑에게 홍사백이 고개를 내저었다.

"그래, 너 혼자 인간적이고, 너 혼자 완벽해져라!"

그사이를 못 참고 조비랑이 깐족거렸다.

"무릇 이런 말이 있지요. 완벽함을 위해 일하지 말고, 탁월해지도록 노력해라. 하지만 전 완벽함과 탁월함을 동시에……."

임영달의 나머지 신발이 조비랑을 향해 날아갔다.

第二十二章
능풍비

절대
강호

적호가 산길을 달리고 있었다.

어디선가 새소리가 들려왔고 불어오는 새벽바람이 상쾌했다.

귀맹한 지 오 일이 지났다. 그동안 적호는 몸을 회복시키는 데 집중했다. 좋은 약으로 외상을 치료했다. 하수오 덕분에 내력은 완전히 회복된 상태였고, 덕분에 외상도 빨리 아물었다.

어제부터 가볍게 몸을 풀기 시작한 적호였다.

적호가 언덕을 한걸음에 뛰어올랐다. 가볍게 몸을 푸는 정도였지만, 일반 무인이 봤다면 입이 쩍 벌어질 움직임이었다.

인적이 드문 산이었지만, 그렇다고 마음 놓고 수라팔절이나 무영십삼수를 연마할 수는 없었다.

제이창고 숙소의 지하연무장을 찾아갈까 생각도 했지만 그러지 않기로 했다. 아직 발각되지 않은 곳이었기에 언젠가 숨을 곳이 필요하면 긴히 비상 시 보루가 되어줄 것이다.

이윽고 산 정상에 도착한 적호가 숨을 몰아쉬었다.

새벽을 달리는 이 기분은 경험하지 못한 사람은 절대 알 수 없다. 강호인의 싸움이 내공과 외공에 달렸다고 생각한다면 그건 오산이다. 그 두 가지를 기반으로 여러 가지 것들이 복합적으로 작용한다.

실전과 훈련, 관찰력과 집중력… 그리고 무엇보다 이기고자 하는 의지.

고된 훈련을 마친 어느 날, 사부님께 그런 말씀을 드린 적이 있었다.

이 정도면 이제 꽤 강하지 않느냐고. 농땡이를 치고 싶은 마음이었다.

그때 사부님께서 말씀하셨다.

"네놈은 강호와 멱살잡이를 해야 한다. 먼지를 뒤집어쓰고 바닥을 구르고 피를 흘리고, 울고불고. 그래도 살아남을 수 있을까 말까지. 그러니 엄살떨지 말고 수련해라."

그때는 흘려들었지만 오히려 지금은 언제나 그 말씀을 가슴에 새긴다. 사부님 말씀이 옳다.

강호는 무섭다.

무공이 어설플 때는 오히려 만만하던 강호였다.

하지만 조금씩 경지가 오르면서 강호가 점점 두렵게 다가왔다. 보이는 것이 전부가 아닌, 그 강호의 어두운 내면을 알게 된 것이다.

숨을 고른 적호가 자리에서 일어났다.

팡팡팡!

가벼운 발차기를 시작으로 적호가 몸을 풀었다.

비록 몸풀기에 불과한 동작이었지만 한 수, 한 수 정성을 들였다.

극양을 바탕으로 지극히 패도적인 무공인 수라팔절은 노강호가 본다면 알아볼 수도 있었다.

하지만 무영십삼수는 세상에 알려지지 않은 무공이었다. 이번 임무를 마치면서 작은 성과가 있었다. 조금만 더 연마하면 육성으로 올라설 수 있을 것 같았다.

간질간질 느낌이 온다. 예전에는 몰랐던 느낌이었다.

단계를 넘어서려 할 때, 벼룩이나 이가 몸에 돌아다니는 것처럼 온몸과 머릿속이 근질거린다.

그 근질거리는 느낌 때문에 제자리에 가만히 앉아 있을 수 없다. 그 무공을 계속 쓰고 싶어진다. 그때부터가 중요하다.

마음이 앞서 욕심을 부리면 단계는 훌쩍 멀어져 버린다. 원래의 성취보다 후퇴할 때도 있고, 정말 운이 나쁜 경우에는 아래 단계로 퇴보할 수도 있다. 물론 적호 정도의 무공에 이르면 그런 경우는 거의 없다.

그렇다고 그 현상을 무시해서도 안 된다. 그것은 욕심을 부리는 것만큼이나 좋지 못한 반응이다.

그저 마음을 편하게, 평소보다 조금만 더 집중하는 것이다. 평소 노력이 십이었다면, 십이 정도의 노력을 기울이는 것이다.

팡! 파앙! 팡팡팡팡팡!

적호의 주먹과 몸이 허공을 연이어 격했다.

'서두르지 말자.'

적호는 안다, 뜻이 있는 곳에 반드시 길이 있다고. 길을 잃고 헤매는 것은 욕심 때문이다. 욕심을 버리면 반드시 길이 보이게 마련이다.

한차례 몸풀기가 끝났을 때, 적호가 고개를 돌렸다.

저 멀리 언덕 아래에서 누군가 천천히 걸어 올라오고 있었다.

적호의 입가에 자연스럽게 미소가 지어졌다. 그녀는 바로 연이었다.

"왔어?"

"네."

마주 보는 두 사람의 눈빛이 그 어느 때보다 부드러웠다.

"몸은 괜찮으세요?"

"거의 다 회복했어."

"다행이네요."

"좀 쉬었어?"

적호의 물음에 연이 웃으며 고개를 끄덕였다.

이제 그녀와는 운명공동체다. 신군맹을 빠져나갈 상황이 되면, 그녀에게도 어떤 식이든 대책을 마련해 줘야 한다. 함께 빠져나가거나, 그게 힘들다면 그녀가 이번 일에 절대 개입되지 않았다는 증거를 남겨줘야 한다.

"여기, 답장이 왔어요."

"아!"

적호가 반색하며 서찰을 받아 들었다.

사부님께서 보내신 서찰이었다. 자신이 보낸 것처럼 사부님도 암호로 보내셨다.

서찰을 읽는 적호의 표정에 여러 감정이 나타났다 사라졌다.

서찰을 다 읽자 연이 조심스럽게 물었다.

"무슨 내용이죠?"

"대법이 있는 올해 말까지 현이는 움직일 수 없다는군."

예상했던 바였다. 하지만 막상 직접 확인하자 마음이 조금 무거워졌다.

"그럼 어떻게든 그때까지 버텨야 하는군요."

적호가 고개를 끄덕였다.

그 외에도 몇 가지 내용이 있었는데, 적호의 마음을 놓이게 하는 내용도 있었다.

모옥 근처에 사상혼원진을 완성했다는 것이었다.

이제 위급한 상황이 왔을 때, 그 진법이 시간을 벌어줄 수 있는 것이다. 사부님과 같은 고수에게 그 시간은 전세를 완전히 바꿀 수 있는 시간이 될 수도 있다.

'사부님, 감사합니다.'

마음속으로 감사를 드린 후, 적호가 연에게 물었다.

"대공자의 혼례가 언제지?"

"이제 두 달 정도 남았어요."

"두 달이라."

일차 고비였다. 그 두 달 사이에 양측의 권력 암투는 극에 달할 것이다. 잘 버텨내야 했다.

"삼공녀 측에서는 언제쯤 움직일까요?"

"당장은 아니라더군. 아마 결정적인 순간에 터뜨리겠지."

"결정적인 순간이라면요?"

"그것이 밝혀졌을 때, 대공자가 가장 큰 타격을 입는 순간이겠지."

연이 내심 긴장했다. 적호를 도운 이상, 이미 그녀는 돌아갈 수 없는 다리를 건넜다.

"소운, 그녀에 대해서는 은밀히 주시하고 있겠습니다."

연의 말에 적호는 아무 대답도 하지 않았다. 소운에 대해서는 마음이 복잡했다. 그냥 방치해 두자니 마음에 걸렸고, 그렇다고 적극적으로 구할 수도 없었다. 그녀는 양측에 있어 너무 중요한 인물이었다.

일단은 눈앞에 닥친 문제부터 처리해 나가야 했다.

"무리하진 마. 조심하고."

"네, 걱정 마세요. 그런데 사악련에서 그냥 있을까요?"

"그냥 있지 않겠지."

대공자, 삼공녀, 사악련. 사방이 적이었다. 피해갈 수도 돌아갈 수도 없다.

연의 눈빛에 드리워진 수심을 읽어낸 적호가 나직이 말했다.

"연, 난 내 스스로에게 임무를 맡겼어. 내 삶의 임무지. 내 운명의 임무기도 하고."

그것은 올해 말까지 살아남아 사랑하는 모두를 지켜내는 임무였다.

적호가 싱긋 웃으며 덧붙였다.

"그러니 걱정 마. 알다시피 난 임무를 실패한 적이 없잖아?"

*　　*　　*

장내의 분위기는 엄숙했다.

절정고수들이 즐비했지만 감히 숨소리조차 크게 내는 사람도 없었다.

가장 상석의 태사의에 자리한 노인이 장내의 모든 고수들을 압도하고 있었다. 쳐다보는 것만으로도 숨이 막힐 것 같은 그는 바로 사악련주 능풍비(凌風琵)였다.

능풍비와 가장 가까운 곳에 총군사 종리문이 서 있었고, 다시 그 옆으로 칠대장로들이 늘어서 있었다. 다시 그 아래로 사악련의 단주 급 이상의 인사들이 서 있었다. 그들 중에는 사도십객을 운영하는 기영도 있었다.

가운데 한 중년 사내가 서서 보고를 하고 있었다.

그는 이번 일의 조사를 맡은 좌천수(左千手)였다. 칠대장로 중 한 명으로 침착하고 냉철한 성격으로 알려진 인물이었다.

"철혈대로가 죽었고, 흉수를 쫓던 본 련의 무인 삼백오십 명이 죽거나 다쳤습니다."

그는 감정을 드러내지 않고 담담히 상황을 설명했다. 그가 이번 조사를 맡은 이유도 이런 침착한 성격 때문이었다.

"놈은 끝내 천라지망을 찢고 달아났습니다."

장로들이 나직한 탄식을 흘렸다.

잠시 우울한 침묵이 흘렀다.

능풍비는 아무 반응도 보이지 않았지만, 장내를 흐르는 싸늘한 기운으로 그의 심기가 매우 불편하다는 것을 느낄 수 있었다.

"그 역량을 짐작할 때, 흉수는 신군맹의 십이귀병 중 하나가 아닐까 추측되고 있습니다."

십이귀병이 언급되자 종리문이 침묵을 깼다.

"대체 어떻게 잠입을 한 것입니까?"

언제나처럼 종리문이 능풍비를 대신해서 질문을 했다.

"놈은 이번에 모집한 철혈구로의 신입으로 들어온 것 같네."

"어떻게 그런 일이 있을 수 있습니까? 이런 일을 대비해서 모집 조건을 강화했다고 알고 있습니다만."

"그 부분에 대해선 지금 조사가 진행 중이네."

그때 한옆에 있던 결사단주가 입을 열었다.

"침입에 대한 완벽한 방어책은 없습니다."

결사단 역시 이번 일에서 완전히 책임을 면할 수 없었다. 정문에서 인피면구 착용 검사를 한 무인들 역시 결사단이었고, 사악련 수비 체계의 핵심이기도 했다.

좌천수가 다시 능풍비를 향해 보고했다.

"이번 사건과 관련해 신입 셋이 실종되었습니다. 그들은 양현과 소붕, 방소소입니다. 그들 중에 흉수가 있다고 생각되어집니다."

양현은 적호의 가명이었고, 문서 보관소 뒷마당에 묻혀 있던 소붕의 시체는 이미 기영이 치워 버린 후였다. 끝으로 방소소의 시체는 적호가 소운으로 위장했다. 그러니 셋의 종적을 찾기는 쉽지 않았다.

그 내막을 알고 있는 종리문이 넌지시 물었다.

"그들 역시 흉수에게 당했다고 볼 수 있지 않겠습니까?"

"물론 그렇다고 볼 수도 있지. 하지만 철혈구로에 입로하지 않은 살수가 자신의 집무실에 있는 철혈대로를 죽일 수 있으리라고는 생각지 않네."

모두들 좌천수의 생각에 동의한다는 듯 고개를 끄덕였다.

종리문은 자신의 의견을 강하게 주장하진 않았지만 내심 이번 조사를 방해하려고 애쓰고 있었다. 적호가 잠입한 사실을 알고도 철혈대로에게 알리지 않은 것은 큰 문제가 될 일이었다.

다행히 사도십객이 개입했다는 증거를 모두 없앤 후였다. 뒤늦게라도 적호가 잡혀오는 일만 없다면, 자신이 그 사실을 알고도 대처하지 않았다는 사실이 밝혀질 리는 없었다.

좌천수가 다시 능풍비를 향해 차분히 보고했다.

"실종된 셋 이외에도 희생자들이 더 있습니다. 그들은 홍가장 작전과 관련해서 사망한 것입니다만, 결과적으로는 이번 사건과도 관련이 있다고 생각됩니다. 또 칠조육로가 철혈대로가 죽은 그날 시체로 발견되었습니다. 시체가 심하게 훼손되었지만 육로로 밝혀졌습니다."

그 시체는 바로 화사객, 방소소였다. 적호가 소운의 목걸이를 남긴 바로 그녀다.

"이렇듯 이번 희생자들이 칠조에 집중되어 있습니다. 흉수가 칠조에 잠입한 것으로 생각됩니다. 결국 실종된 신입 셋 중, 흉수는 양현이 가장 유력합니다."

좌천수가 정확히 적호를 가려내자 종리문이 다시 입을 열었다.

"혹은 그들 모두일 수도 있겠지요."

"물론이네."

좌천수는 실제로도 모든 가능성을 열어두고 있었다.

종리문이 다시 물었다.

"그런데 이번에 들어온 신입이 넷이라고 들었는데 셋이 실종되었다면 나머지 한 명은 누구요?"

"그는 바로 용하진이네."

"용하진이라면, 혹시 수라혈마단 용 단주의 자제 아닙니까?"

"맞네. 바로 그네."

모두의 시선이 용천세를 향했다. 용천세는 불편한 심기를 애써 감추며 담담하려고 애썼다.

좌천수가 그를 향해 돌아섰다.

"이번 일로 용 단주께 한 가지 여쭐 것이 있소. 괜찮으시겠소?"

"물론이오."

그는 숨길 것이 전혀 없다는 듯 당당한 태도였다.

"사건이 있던 날, 아드님이 집무실로 찾아왔었지요?"

"그렇소."

"무슨 이유였소?"

"그건……."

잠시 망설이던 용천세가 솔직히 대답했다. 이런 상황에서 공연히 거짓을 말했다가는 큰일 나는 수가 있다는 것을 그는 잘 알고 있었다.

"조를 바꿔달라는 부탁이었소."

듣고 있던 이들은 그것이 무슨 말인지 이해하지 못했다.

"철혈대로에게 부탁해 다른 조로 바꿔달라는 청탁이었지요?"

좌천수의 물음에야 앞서의 말이 무슨 뜻인지 알아차린 고수들이 혀를 차며 한심한 표정을 지었다.

용천세의 입장에서는 큰 굴욕이었지만, 그는 애써 노기를 누르며 침착함을 유지했다. 능풍비가 지켜보는 자리였다.

"그래서 그 부탁을 들어주셨소?"

"아니오."

"이후에 다시 찾아왔소?"

"오지 않았소."

"확실하오?"

"확실하오."

그러자 좌천수가 눈빛이 예리해지며 고개를 갸웃했다.

"그렇다면 이상하군요."

"뭐가 말이오?"

"그날 용하진은 용 단주를 방문한 지 불과 이각 후, 다시 내당으로 돌아왔소이다."

"그럴 리가?"

"확실한 사실이오. 목격자가 한둘이 아니오."

용천세의 표정이 굳었다. 보통 일이 아니었다. 물론 아들이 철혈대로를 죽였다고 생각지 않았다. 그럴 능력이 전혀 안 되는 놈이었으니까. 하지만 어떤 식이든 이번 암살에 개입되었다면 그건 큰 낭패가 될 일이었다. 아들에게나, 자신에게나.

"아드님은 지금 그 일로 조사를 받고 있소."

심각해진 용천세에게 좌천수가 한마디 덧붙였다.

“너무 걱정하지 마시오. 아직까진 흉수와 연관된 일은 없는 것으로 보이니.”

용천세의 눈가가 살짝 떨렸다.

‘아직까지? 홍! 내 아들을 그 일에 끌어들이려고 개수작을 부린다면 내 그냥 있지 않을 것이다!’

그런 내심을 감춘 채 용천세가 묵묵히 고개를 끄덕이며 대답했다.

“조사할 것이 있다면 확실히 조사해 주시오.”

“그건 걱정 마시지요.”

좌천수의 얄미운 대답에 용천세가 어금니를 깨물었다.

‘빌어먹을!’

언제나 사고만 치던 아들 녀석이 기어코 큰일을 벌인 것이다.

좌천수가 다시 장내의 고수들에게 말했다.

“또 하나 이상한 점이 있소이다.”

“그게 무엇이오?”

종리문의 물음에 좌천수가 나직이 대답했다.

“문서 보관소에서 싸움이 벌어진 흔적을 발견했소.”

그 말에 모두들 깜짝 놀랐다.

“문서 보관소라면? 설마 본 련의 기밀이 누출된 것이오?”

“다행히 일급기밀 보관소가 아니오.”

그러자 장로들이 일제히 안도했다. 일급기밀 보관소가 뚫렸다는 말은 자신들의 정보까지 노출되었다는 뜻이었다.

좌천수가 진지한 표정을 지었다.

“오히려 이급기밀 보관소가 뚫린 것이 이상하오.”

이번 일은 내막을 아는 사람들이 보면 간단한 일이었지만, 내막을 모르는 상황에서는 매우 복잡하고 분석하기 힘든 사건이었다.

보고는 거기까지였다. 모든 이야기를 다 들은 능풍비는 어떤 결론도 내리지 않았다.

“오늘은 여기까지 하지.”

묵직한 한마디에 모두들 조심스럽게 물러났다.

대청에 남은 사람은 이제 능풍비와 좌천수였다. 물러나려는 좌천수를 능풍비가 남긴 것이다.

“답답한데 좀 걸을까?”

“네.”

두 사람이 후원으로 나갔다. 강호에서 가장 잘 꾸며졌다고 해도 그 누구도 이의를 제기하지 않을 아름다운 화원이 펼쳐졌다. 평생 가도 한 번을 보기 힘든 기화이초가 곳곳에 배치된 그야말로 최고의 화원이었다.

좌천수는 조심스럽게 능풍비의 뒤를 걸었다. 그림자도 밟지 않으려는 노력을 실제로 하고 있었다. 그만큼 좌천수는 능풍비를 존경했다.

능풍비가 불쑥 물었다.

“어떻게 된 일인가?”

지금까지 그 이야기를 했던 좌천수였다. 능풍비가 묻고 있는 것은 그 공식적인 보고가 아닌, 좌천수 개인의 의견이었다.

그리고 보다 확실한 결론이었다.

"놈들에게서 철혈대로를 암살할 명분이나 이유를 발견하기 힘듭니다."

"딴 이유가 있다?"

"그렇게 보입니다. 그리고 만약 그러하다면……."

좌천수가 잠시 말을 아꼈다.

"종리 군사가 몰랐을 리 없습니다."

능풍비의 눈이 살짝 가늘어졌다.

"군사가 알고 있었다? 그거 흥미롭군. 증거가 있나?"

좌천수가 조심스럽게 말했다.

"놈을 추적하는 과정에서 십객의 개입이 늦었습니다."

십객을 움직이는 것은 종리문이었다.

"의도적으로 늦었다는 말이지?"

"네. 하지만 모든 것이 정황 증거일 뿐입니다."

능풍비의 입가에 묘한 웃음이 지어졌다.

"종리 그 아이가 개입했다면 당연히 증거를 남기지 않았겠지."

좌천수는 종리문에 대한 능풍비의 크나큰 신임을 잘 알았다. 능풍비가 가장 믿고 있는 사람은 분명 군사인 종리문이었다.

"예전에 내가 종리 그 아이에게 물었다네. 나와 신군맹주와 비교하면 어떠한지. 그러니 그 아이가 그러더군, 내가 신군맹주에 비해 한 수 아래라고. 말은 한 수 아래라고 했지만, 아마도 그 이상의 차이였을 거네."

능풍비가 발걸음을 멈췄다. 뒷짐을 진 채 하늘을 올려다보았다.

"똑똑한 애들은 다 좋은데 너무 가볍지. 고지식한 면이 없어. 머리가 빠르니 굳이 고지식할 이유가 없거든. 한데 그 아이는 고집스런 면이 있어."

좌천수가 담담히 말했다.

"만약 종리 군사가 미리 알고 있었다면 이번 문제에 대한 책임을 피할 수 없습니다. 거기에 련주님을 속인 죄는 막중합니다."

그럼에도 능풍비의 미소가 짙어졌다.

"차라리 다행이군."

"무슨 말씀이신지요?"

"모르고 일방적으로 당했다면 그게 더 문제지 않나?"

좌천수는 종리문에 대한 련주의 무한한 신뢰를 낮추기에는 아직은 시기상조에 역부족이란 것을 깨달았다.

"더 조사해 보게나."

"확실히 하겠습니다."

진심이었다. 아무리 신임이 깊다 해도 이번 일을 그냥 넘기진 않을 것이다. 그것은 그에 대한 질투가 아니었다. 련주의 사랑을 차지하기 위한 싸움도 아니었다.

최고 권력자의 사랑을 독차지하는 이가 생기는 것은 매우 위험한 일이다. 거대한 둑도 작은 구멍 하나에서 무너질 수 있는 법, 좌천수는 그것을 경계했다.

　련주가 자신에게 이번 조사를 맡긴 것도, 그런 자신의 마음
을 알기 때문이라 믿었다.
　좌천수가 공손히 인사하고 물러섰다.
　능풍비가 푸른 하늘을 올려다보며 나른하게 하품을 했다.
　"…이제 봄인가?"

第二十三章
새신분

절대
강호

적호가 대륙전장에서 걸어나오고 있었다.

적호가 맡긴 삼만 오천 냥이란 거액에 남창 지점장 양서홍은 깜짝 놀랐지만, 지금까지처럼 군말없이 돈을 받았다. 돈은 곧장 북해지부로 보내졌다.

전장을 나서는 적호의 마음은 가벼웠다. 당분간 돈 걱정은 하지 않아도 될 것 같았다.

어쩔 수 없이 신군맹에 묶여 있긴 하지만, 적어도 돈 문제는 해결이 된 것이다. 막말로 여차하면 신군맹을 탈출해도 된다는 의미기도 했다.

하지만 적호는 그것을 최후의 방법으로 두고 있었다. 가화, 그녀의 말처럼 당분간은 쥐 죽은 듯 시키는 임무를 할 것이다.

아니, 그러는 척할 것이다.

적호는 맹으로 돌아가지 않았다.

몇 번 골목을 돌아 미행이 없음을 확인했다.

으슥한 골목길에서 적호가 멈춰 섰다. 전장에서만 사용하는 면구를 벗어 챙겼다. 면구의 얼굴도 동경을 보고 연마를 시작했으니, 조만간 면구 없이 변신할 수 있을 것이다. 일이 이렇게 된 이상, 적호는 최대한 여러 얼굴을 가지려고 노력했다.

새로운 얼굴로 적호가 향한 곳은 추월루였다.

가화, 그녀가 주인으로 있는 곳이다.

"어서 오세요, 오라버니."

입구의 기녀가 웃음을 흘리며 적호를 맞았다.

"혼자 오셨어요?"

"가볍게 한잔 마시고 가련다."

"호호, 좋지요. 자, 이리로 오세요."

기녀를 따라 낯익은 복도를 걸었다. 그녀는 적호가 예전 자신들의 주인을 은밀히 찾던 그 사내란 것을 알아차리지 못했다. 언제나 그녀를 찾아올 때면 이 복도를 따라 걸으며 위층으로 올라갔었다. 이제 더 이상 그런 일은 없을 것이다.

그녀가 이곳에 있으리라고는 생각지 않았다. 자신에게 정체를 드러낸 이상, 그녀는 이곳을 떠났을 것이다.

그래도 한 번쯤은 직접 와서 확인을 해봐야 한다고 생각했다.

적호를 복도 끝의 작은 방으로 안내한 기녀가 웃으며 말했다.

"잠시만 기다려 주세요. 애들이 술상 봐올 거예요."

"제일 예쁜 아이로 불러다오."

기녀의 엉덩이를 툭툭 두드리며 적호가 말했다.

"그럼 내가 다시 와야겠네?"

기녀가 웃으며 방을 나섰다.

그녀가 나가자마자 적호도 방을 나섰다.

경험상 술상이 나올 때까지 일각 정도의 시간이 있었다.

가장 높은 층에 루주의 거처가 있다는 것은 이미 알고 있었다. 적호가 천천히 계단을 올라갔다.

꼭대기 층 계단 앞에 건장한 사내 둘이 지키고 서 있었다. 기루에 고용된 칼잡이들이었다.

핏! 핏!

날아든 지풍에 두 사람이 그대로 고개를 푹 숙였다. 수혈을 제압당해 잠이 든 것이다.

그들을 벽에 기대 두고 적호가 천천히 복도를 걸었다. 복도 끝에 그녀의 방이 있었다.

적호가 천천히 방문을 열었다.

방은 비어 있었다.

적호가 빠르게 방을 뒤졌다. 서랍을 뒤졌고 책장을 살폈다.

하지만 별다른 것은 발견되지 않았다.

벽에 붙은 족자 뒤에서 비밀금고를 발견했다.

적호가 기관을 살폈다. 아주 정교한 장치로 이뤄진 금고는 아니었다. 금고의 기관을 해체하는 것은 십이귀병들의 기본

훈련에 포함되어 있었다.

적호가 기관을 해체하기 시작했다.

잠시 후, 철컹 소리를 내며 금고 문이 열렸다.

안은 텅 비어 있었다. 중요한 모든 것을 가지고 어디론가 떠나 버린 것 같았다.

그때 적호의 눈에 탁자 위의 먼지가 들어왔다.

뿌옇게 내려앉은 먼지는 그녀가 자리를 비운 지 며칠은 지났다는 것을 알려주고 있었다.

자신에게 정체를 밝힌 후, 더 이상 이곳 일을 하지 않는다는 것을 의미했다. 당연한 일이라 생각했다.

금고 문을 닫고, 주위를 좀 더 꼼꼼히 살폈다.

하지만 삼공녀와 관련된 그 어떤 것도 발견하지 못했다. 역시 상대는 호락호락하지 않았다.

자신이 침입한 흔적을 모두 지운 후 적호가 방을 빠져나왔다.

수혈을 제압당한 사내들을 기술적으로 깨우고, 적호가 방으로 돌아왔다.

술상과 함께 기녀 둘이 기다리고 있었다.

"소첩들이 애타게 기다렸나이다."

두 여인이 콧소리를 내며 애교를 떨었다.

"애타긴. 눈 밑이 새까맣다. 그 피곤기나 지우고 그런 말 해라."

여인들이 희미하게 웃었다.

"자, 한 잔 부어라."

오른쪽에 앉은 기녀가 술을 따라주었고, 왼쪽의 기녀가 안주를 입에 넣어주었다.

"못 뵙던 분이시군요. 여기 처음이시죠?"

"그래, 맞다. 조만간 신군맹에 부임할 예정이다."

틀린 말은 아니었다. 창고장이든 뭐든 위장 신분이 조만간 내려올 테니까.

"어머! 신군맹의 영웅이시군요!"

"영웅은 무슨! 그저 먹고살려고 발버둥 치는 불쌍한 군상이다."

그 말에 여인들이 풋 하고 웃었다.

이곳에서 기녀 생활을 하다 보면 별의별 사내들을 다 만난다.

그들의 성격이 원래 겸손하든 아니든, 기녀 앞에서의 행동 양식은 하나다.

과장과 허풍.

신군맹의 삼류 문지기도 기녀 앞에선 대영웅이고, 짐 나르는 인부도 기녀 앞에선 대표두다.

"그러니 술 적당히 먹이고, 적당히 뜯어가라!"

여인들이 다시 웃었다.

사내가 이렇게 인간적으로 나와주니 여인들의 긴장이 조금 풀렸다.

술잔이 오가는 동안에도 적호는 그녀들의 허벅지나 가슴을 더듬지 않았다.

점잖은 적호의 태도에 그녀들은 더욱 적호가 마음에 들었다. 이런 손님들만 온다면 정말 기녀도 여인이 할 만한 직업 열 손가락 안에 들 것이다.

오랜만의 이 점잖은 손님이 마음에 든 그녀들은 적호의 물음에 순순히 대답을 했다.

"여기 루주가 그렇게 아름답다던데."

"그럼요, 한 미모 하시죠. 그래도 저보단 못해요."

여인들이 까르르 웃었다.

"루주랑 한잔하려면 얼마나 드나?"

"하여튼 사내들이란. 예쁘다면 소도 팔고 집도 팔죠?"

기녀들이 밉지 않게 눈을 흘겼다.

"하하하. 그깟 소나 집이 대수냐! 미녀라면 목숨도 걸지!"

여인들이 웃으며 말했다.

"하긴 사내들의 그런 어리석음 때문에 우리가 먹고사는 거겠지요."

"우린 목숨까지 필요없답니다! 요거면 충분하지요."

여인이 손가락으로 동그랗게 말았다.

적호가 품에서 동전을 꺼냈다.

"그 정도야 줘야지. 하하하."

"에계, 겨우 네 냥?"

"이것들이 만날 공돈 받아먹으니 간이 배 밖이지? 싫으면 이리 내놔!"

“그럴 리가요. 그리고 공돈 아니랍니다. 눈 밑 시커먼 거 봐요.”

여인들이 낄낄거리며 동전을 나눠 가졌다.

“어쨌든 꿈 깨세요. 목숨까지 걸어도 올해는 루주님 못 뵈니까.”

“왜?”

“고향에 다녀온다고 며칠 전에 떠났어요. 이번에는 꽤 오래 걸리실 거라던데.”

“고향이 어딘데?”

“어디였다더라?”

그러자 옆의 기녀가 대답했다.

“북해라고 하지 않았어?”

“아, 맞다. 북해라고 했지.”

“이건 절대 비밀인데요… 숨겨둔 딸 보러 갔다는 소문도 있어요.”

그 순간 적호의 안색이 굳어졌다.

그건 경고였다, 자신에게 남긴 경고.

정확히 자신의 딸이 어디에 있는지를 알고 있다는. 그러니 자신을 캐지 말라는.

그녀는 자신이 이곳에 찾아올지 알고 있었다.

“왜요? 우리 오라버니 표정이 확 굳으셨어요.”

“어디 영영 갔겠어요? 루주님 돌아오시면 우리가 잘 말해줄게요. 집은 루주님 주고, 소는 우리 줘요.”

썰렁한 농담을 하며 두 여인이 마주 보며 웃었다. 적호가 피식 웃으며 굳은 표정을 풀었다.

화낼 필요가 없는 일이다. 당황할 필요도 없다. 상대가 단순한 허풍이 아니었다는 것을 확인한 것만 해도 충분한 수확이 있었다.

"너흰 절대 네 냥 이상 어림없다! 자, 술 먹자."

술잔이 오고 갔다.

그렇게 몇 잔을 더 마신 적호가 밤새 놀자며 붙잡는 여인들을 뿌리치고 추월루를 나섰다.

밤거리를 걷는 적호의 표정은 조금 굳어 있었다.

대공자와 삼공녀.

어느 한 사람 만만하지 않다.

한순간의 실수가 큰 화를 부를 상대들이었다.

둘 모두를 상대하면서도, 최대한 부딪치지 말아야 한다.

적호가 안가로 돌아왔을 때, 연이 기다리고 있었다.

"새로운 위장 신분이 내려왔어요."

연이 봉투를 건넸다.

"이번에는 어디지?"

서찰 안의 명령서를 내려다보던 적호가 깜짝 놀랐다.

"정말 여기야?"

적호가 명령서에 쓰인 내용을 다시 한 번 내려다보았다.

백미관주(百味館主).

백미관은 바로 내당 무인들이 식사를 하는 곳이었다. 내당
에는 그러한 곳이 여럿 있었는데, 백미관은 그중 중하급의 무
인들이 오는 곳이었다.

적호가 의외란 표정으로 물었다.

"확실히 나하고는 어울리지 않지?"

연이 가만히 고개를 끄덕였다.

"아주 많이요."

적호가 혼잣말처럼 나직이 말했다.

"나를 내당으로 불러들인다?"

대부분 자신에게 위장 신분을 내릴 때에는 외당에서도 한
직, 그중에서도 정말 시간이 철철 넘쳐 나는 곳으로 보냈다. 한
데 이곳은 내당에 속한 곳이었다. 아무래도 앞서의 일보단 바
쁠 것이고, 더구나 내당의 고수들을 접할 일이 많은 곳이었다.

자신을 왜 이곳으로 보내는 것일까?

가화, 즉 삼공녀 측에서 자신을 보낸 것 같진 않았다. 앞서
만났을 때 그런 내색은 전혀 하지 않았으니까.

문득 어딘가에 생각이 미친 적호가 흠칫 놀랐다.

"뭔가 짚이는 것이라도 있으신가요?"

적호가 굳은 표정으로 고개를 끄덕였다.

"대공자!"

"대공자님이요? 그가 적호님을 내당으로 불렀다고요? 왜죠?"

연의 가슴이 서늘해졌다. 위험한 느낌이 물씬 들었다.

그에 비해 적호는 냉정함을 잃지 않았다.

"…한 번쯤 보고 싶은 거겠지. 자신의 자식을 죽인 칼이 어떤 칼인지."

                    *   *   *

다음날 아침, 적호는 신군맹의 내당으로 향하고 있었다.

어제 만든 새로운 얼굴이었다. 당분간 백미관주로 살아갈 얼굴이기도 했다.

내당으로 향하는 입구를 지키던 무인들이 제지했다. 작은 초소 건물이 지어져 있는 그곳에는 십여 명의 무인이 번을 서고 있었다. 그들은 내당 수비를 맡고 있는 수호당(守護堂)의 무인들이었다.

"소속을 밝히시오."

앞서의 부임지였던 제이창고 쪽 관문과는 달리 이곳의 무인들은 정예 무인들이었다.

적호가 한 장의 서류를 건넸다. 부임 발령서였다.

"아, 새로 오신 백미관의 관주님이시군요."

"진호요."

"반갑습니다, 진 관주님. 저는 내당 제일관문장 신홍(申弘)입니다. 앞으로 자주 뵙게 될 겁니다."

자신들이 식사를 하는 곳도 백미관이었다. 지루한 내당 경계를 하다 보면 식사시간이 간절하다. 그곳 관주와 친해서 나쁠 것이 없었다.

"부임 축하드립니다."

"고맙소. 일간 따로 자리를 한번 마련하겠소."

적호의 말에 신홍과 수하 무인들이 제법 괜찮은 접대를 기대하며 미소를 지었다.

적호가 제일관문을 통과했다.

제일관문을 통과하면 본격적으로 내당의 영역에 들어선다.

하지만 진짜 내당은 제이관문을 지나고 나서였다. 그곳의 경계는 이곳과는 비교할 수 없이 엄중하다고 알려져 있다. 이곳은 엄밀히 말하자면 내당의 외곽이었다.

적호가 백미관이 있는 동쪽 지역으로 걸어갔다.

적호는 조금 긴장하고 있었다. 일 때문은 아니었다. 창고장이든 식당 주인이든, 결국은 시간이 지나면 적응하게 될 것이다.

대공자의 의도가 두렵다. 그와 관련해 앞으로 닥쳐올 일들에 대한 긴장감이었다.

적호가 심호흡을 했다. 푸른 하늘을 쳐다보며 애써 불안한 마음을 기분 좋은 긴장감으로 바꾸려 노력했다.

그러는 사이 적호가 백미관에 도착했다.

"환영합니다, 관주님!"

안으로 들어서자 우렁찬 외침과 함께 박수 소리가 터져 나왔다.

　좌우로 이십여 명의 남녀가 늘어서 있었다. 새로운 관주 부임을 환영하려고 이렇게 모인 모양이었다.

　적호가 미소를 지으며 그들에게 인사했다.

　"새로 관주가 된 진호네. 앞으로 잘 부탁하네."

　그러자 그들 중 나이가 지긋해 보이는 중년 여인이 앞으로 나섰다. 사람 좋아 보이는 후덕한 인상의 여인이었다.

　"홍매랑(弘妹朗)입니다. 이곳의 총관이에요."

　이번에는 고집스러운 입매에 무뚝뚝한 표정의 중년 사내가 나섰다.

　"공숙(孔叔)이오. 주방을 책임지고 있소."

　적호가 두 사람에게 포권을 하며 인사했다.

　그들 두 사람이 이곳의 실질적인 책임자들이었다.

　적호는 몇 번의 위장 신분을 통해 깨달은 바가 있었다. 모두와 친할 필요는 없었다. 실무자들 중 최고참만 잘 다루면 되었다. 이곳에서는 저 두 사람이 될 것이다.

　"모두 반갑네. 앞으로 한 식구처럼 잘 지내보세."

　적호의 인사에 모두들 다시 한 번 박수를 쳤다. 딱딱한 권위를 앞세웠던 전임 관주에 비해 왠지 부드러운 느낌이어서 호감이 갔다.

　홍매랑이 쩌렁쩌렁 소리쳤다.

　"자자, 앞으로 지겹도록 봐야 할 테니까, 그만 보고 일들 시작해."

　돌아서던 여인네 둘이 귓속말을 주고받았다. 잘생겼다는 말이 흘러나왔다. 모두들 웃었고, 적호가 무안한 표정을 지었다.

"생각보다 젊으시군요."

홍매랑의 말에 적호가 피식 웃었다. 아직 나이 조절하는 것이 쉽지 않다. 딴에는 사십대 중반쯤으로 잡고 얼굴을 만들었는데, 생각보다 젊어 보이는 모양이었다.

"앞으로 뭐라고 부르면 되겠나? 홍 총관?"

"그럼 되지만, 홍매라고 불러주시면 더 좋지요."

"그러세. 자, 홍매. 잠시 이리로."

가까운 탁자에 앉으려는 적호를 홍매가 따로 안내했다.

"여기 말고, 이리로 오세요."

주방 가까이 한쪽 옆에 따로 관주를 위한 자리가 마련되어 있었다. 사무를 볼 수 있는 탁자와 의자, 그 앞에 따로 긴 의자까지 놓여 있어 손님 접대도 할 수 있었다. 작은 칸막이까지 만들어져서 제법 그럴듯했다.

"여기가 관주님 자리예요."

"하하, 좋군."

두 사람이 탁자에 마주 앉았다.

"몇 가지 물어보세."

"뭐든 물어보세요."

그녀는 말에 자신의 성격을 모두 담고 있었다. 시원시원하고 뒤끝이 없을 것 같은 그녀였다.

"전임 관주는 어떤 사람이었나?"

"뭐라 드릴 말씀이 없네요. 딱 세 달 있다가 가셨으니까. 그

전 관주께서는 육 개월 계셨고.”

적호를 향한 그녀의 눈빛에는 당신 역시 그러지 않겠냐는 의미가 담겨 있었다. 사실 이곳의 관주직은 낙하산 인사들이 한 번씩 거쳐 가는 자리일 뿐, 모든 일은 홍매랑과 공숙이 맡아 했다.

“이곳 일에 대해 설명해 주겠나?”

그러자 홍매랑이 의외란 표정으로 물었다.

“일하시게요?”

“놀아도 알고 놀면 마음이 편하지 않겠나?”

“훗, 좀 놀아보신 것 같네요.”

적호가 사람 좋은 웃음을 지었다.

홍매랑이 간단히 설명했다.

“내당 수비를 하는 수호당 무인들이 하루에 두 번 아침, 저녁으로 이곳에서 식사를 합니다. 그 숫자가 총 백이십 명인데, 반 시진 간격으로 이교대로 와서 먹고 가지요. 그러니까 아침 저녁으로 육십 인분의 식사를 각기 두 번 준비해야 합니다.”

적호가 주위를 돌아보았다. 과연 내부는 백여 명 이상이 앉을 수 있을 만큼 넓었다. 육십 명이 한꺼번에 들이닥치면 제법 바쁠 것이란 생각이 들었다.

“내가 할 일은 뭔가?”

“먼저 주문을 받으셔야죠. 요리는 세 가지 중 한 가지를 선택할 수 있어요. 그다음은 음식을 날라야지요. 팔이 좀 아플 겁니다. 다 먹은 식기도 치워야 하고. 아, 사람들 숫자도 세야

하죠. 왜 그걸 보고해야 하는지 모르겠지만, 그날그날 몇 명이
왔는지 기록을 해둬야 한답니다."

"일이 많군그래."

그러자 홍매가 히죽 웃었다.

"농담입니다. 관주님께 그런 일을 시킬 리는 없지요. 그냥
제게 맡기시고, 관주님은 다음날 사용될 요리에 대해 허가를
내려주시면 됩니다. 그 외에 잡다한 서류 처리가 몇 가지 있지
요. 그냥 도장만 쾅쾅 찍어주시면 됩니다."

"그건 내 전문이지."

"그 외 시간은 괜히 아랫사람들 신경 쓰이게 감시하지 마시
고, 놀러나 다니시면 좋죠."

"그건 도장 찍는 것만큼이나 잘할 수 있는 일이네. 아예 안
나올 날도 많을 거네."

"절대 아쉬워 안 합니다. 걱정 마시고 푹 쉬세요."

"하하하하."

호탕하게 웃는 적호를 보며 홍매가 미소를 지었다. 왠지 꽉
막힌 사람 같지 않은 적호의 첫인상이 그리 나쁘지 않았다.

"자, 그럼 전 바빠서. 궁금하신 것 있으면 언제라도 물어봐
주세요."

"그러지."

일어서려던 홍매가 불쑥 물었다.

"참, 관주님. 무공은 하실 줄 아세요?"

"그건 왜 묻나?"

그러자 그녀가 적호의 허리에 찬 검을 손가락으로 가리켰
다.

적호가 검을 두드리며 자신있게 말했다.

"일류고수라도 단칼에 벨 수 있지. 밥투정하는 놈 있음 말하
게. 혀부터 잘라 버릴 테니까."

그러자 홍매랑이 히죽 웃었다.

"실력이 형편없다는 말씀이군요. 다행이에요."

"하하하. 한데 왜 다행인가?"

"제 경험상 역대 관주님의 무공이 강하면 강할수록 일찍 떠
나더군요."

돌아서는 그녀를 보며 적호가 피식 웃었다.

달리 말하면 자신의 첫인상이 나쁘지 않다는 말이었다. 좀
오래 있는 것도 괜찮겠다는 말이었다.

아쉽지만 쉽지 않은 바람이었다. 자주 자리를 비워야 할 테
고, 결국 떠나게 될 것이다.

문득 창고의 공철이 떠올랐다.

감찰단에 잡혀가면서부터 소식이 끊어졌으니 걱정이 많을
것이다.

한 번쯤 기별을 하고 싶은 마음도 있었지만 그래선 안 될 일
이다. 공연히 자신의 삶에 끌어들이는 것은 그를 위험하게 만
들 것이다. 소개받았던 그 여인과 잘되기를 멀리서나마 빌어
주는 것이 그를 위한 유일한 일이었다.

실내를 살피던 적호가 이번에는 주방으로 들어갔다.

주방에는 십여 명의 숙수가 바쁘게 일을 하고 있었다.

자신에게 시선이 집중되자 적호가 웃으며 말했다.

"신경 쓰지 말고 일들 하시게. 그냥 한 번 둘러보는 것이니."

관록이 있어 보이는 숙수들은 칼질을 하고 있었고, 젊은 보조 숙수들은 재료를 나르고 그릇을 씻고 있었다. 명문무가의 그것만큼이나 주방의 예와 법도도 대단하다고 들었다.

공숙이 불쑥 물었다.

"처음이시죠?"

"무슨 뜻인가?"

"주방에 들어오신 것 말씀입니다."

"어떻게 알았나?"

"둘러보시는 눈빛이 그렇습니다."

적호가 피식 웃었다.

그게 어떤 느낌인지 적호도 안다. 검을 손에 쥐는 자세만 봐도, 눈빛만 봐도 상대가 어떤 실력이고 어떤 마음인지 아니까. 주방에서는 절정고수라 할 공숙이었다. 적호의 눈빛에 담긴 주방초출의 미숙함을 읽어냈으리라.

"잘 보았네. 그러니 앞으로 잘 부탁하네."

적호가 솔직히 인정하자 공숙이 다시 도마질을 시작했다. 참으로 무뚝뚝한 사내였는데, 그것이 답답함보다는 신뢰감으로 느껴지게 하는 매력이 있었다.

적호가 주방 뒤쪽으로 난 문으로 나갔다.

뒤채 쪽에는 너른 마당이 있었는데, 그 뒷문 한옆에 식재료를 보관하는 창고가 있었다.

적호가 뒷문을 열고 나갔다. 천천히 주위를 돌아다니며 지형을 익혔다. 신군맹의 지리에 대해서는 알 만큼 알지만, 그래도 언제나 확실한 것이 좋다.

위급한 상황이 되었을 때, 달려가는 저 앞에 골목이 있느냐 없느냐, 그것을 아느냐 모르느냐에 따라 생사가 판가름난다는 것을 적호는 잘 알고 있었다.

한 바퀴 인근의 지형을 살피고 적호가 다시 백미관으로 돌아왔다.

이미 식사시간이 된 그곳은 육십여 명의 무인으로 북적대고 있었다.

"홍매! 오늘 찬은 어떻소?"

중년 무인의 물음에 찬을 나르던 홍매랑이 큰 소리로 말했다.

"아쉽지만 당신이 그토록 바라 마지않는 전복요리는 오늘도 없어요."

"정말 이럴 거요?"

"내게 이럴 게 아니라 맹주님을 찾아가서 말씀드리세요, 백미관 식비 예산 좀 올려주시라고!"

"흥! 못할 줄 알고! 내 당장 가서 말하리다!"

당장에라도 달려가려는 듯 중년 무인이 벌떡 일어났다.

그러자 홍매랑이 장난스럽게 말했다.

"그건 알고 가시오."

"뭘 말인가?"

"맹주님이 이러실 거요, 저놈 월전을 깎아 전복을 사도록 하라!"

홍매랑의 너스레에 모두들 껄껄 웃었다. 일어섰던 무인도 애초에 장난이었기에 웃으며 자리에 앉았다.

"그건 절대 안 될 말이지. 아이 무관비가 또 올랐다는데."

감히 맹주님을 입에 담고 있었지만 누구 하나 그에 대해 뭐라 하지 않았다. 원래 홍매랑은 이런저런 이야기를 시원스럽게 하는 성격인 듯 보였다. 무인들하고도 편하게 지내는 것 같았다.

적호가 목청을 높여 말했다.

"그 요리 조만간 맛볼 수 있을 거요."

모두의 시선이 적호에게 향했다.

홍매랑이 모두에게 소개했다.

"오늘 새로 부임한 관주님이시오."

그러자 무인들이 자리에서 일어나 가볍게 인사하며 포권했다. 앞서 관문의 무인들처럼 이들도 백미관주를 무시하지 않았다. 먹는 일에 직결되는 일이었다. 공연히 심기를 거슬러 봤자 손해는 자신들이란 것을 그들은 잘 알았다.

적호가 사람 좋은 웃음을 지으며 말했다.

"맹주님께는 가지 않아도 되오. 내 월전 깎아서 전복 살 테니."

그 말에 모두들 껄껄 웃었다.

"그 좋은 말씀이시오. 아무래도 관주 월전이 우리보단 낫지 않겠소?"

다들 웃음을 터뜨렸다.

이래저래 첫 인사는 보기 좋게 한 것 같았다.

홍매랑이 적호를 보며 싱긋 웃어 보였다.

이전 창고에서의 적호는 소극적이었다. 하지만 이번에는 조금 더 적극적으로 행동하려고 마음먹었다.

상황이 어려울수록 밝게 가는 거다.

*　　　*　　　*

그날 저녁, 적호의 환영회가 열렸다.

새 요리가 하나씩 나올 때마다 일하는 이들이 환호성을 질렀다. 공숙이 특별요리를 여럿 만든 것이다.

"자, 오늘은 코가 삐뚤어질 때까지 마시자고!"

적호는 그들을 부드럽게 대했고, 모두들 좋은 상관의 부임을 진심으로 기뻐했다.

일하는 사내들은 주로 젊었고, 여인들은 중년 여인들이 많았다. 젊은 남녀를 모아두면 일의 능률이 떨어진다는 전전 관주의 인사가 지금까지 내려오고 있다고 했다.

술이 몇 순배 돌고 분위기가 무르익자 더벅머리 총각들이 입을 모았다.

"우린 여자가 필요하다고요!"

그러자 중년 여인들이 깔깔 웃었다.

"너희가 잘 모르나 본데, 우리도 여인이란다."

"한때 그러셨겠죠."

"관능미란 말을 우습게 보지 말거라."

"적어도 뒤에서 보면 우리 어머니와 구분은 할 수 있어야지요!"

청년들의 반격에 또 다른 여인이 말했다.

"아! 너희 주머니만을 노리는 그 말라깽이들 말이냐?"

"맞아요, 그녀들을 위해 오늘도 땀을 흘렸지요."

"꿈 깨라. 그것들은 땀 흘리는 남자 싫어해!"

"저흰 그 아픔조차 겪을 기회가 없다고요!"

그들의 대화를 듣고 있던 적호가 피식 웃었다. 비록 장난을 치며 서로를 공격했지만 그 사이에서 서로에 대한 신뢰와 애정이 느껴졌다.

홍매랑은 중년 여인들 편에 서서 청년들을 놀리는 데 앞장섰는데, 놀랍게도 그녀는 아직 독신이었다.

그에 비해 주방의 공숙은 가족이 있었는데, 아이가 셋이나 된다고 했다.

건너편에 앉은 그는 옆에 앉은 젊은 숙수와 요리에 대한 이야기를 나누고 있었다. 그의 저 성실한 느낌은 안정된 가정에서 비롯된 것이 아닐까란 생각이 들었다. 당장 자신만 해도, 서현이를 만나기 전과 후는 완전히 다른 삶을 살고 있으니까.

"자, 한 잔 쭉 하시고."

홍매랑이 적호에게 술을 권한 후 다시 잔을 채워주며 말했다.

"관주님을 위한 자리니, 한 말씀 하시지요."

"별로 할 말이 없는데?"

"아하, 하찮은 수하들에게 할 말씀이 없으시다?"

"이 사람이."

결국 적호가 자리에서 일어났다. 떠들썩하던 장내가 잠시 조용해졌다.

"다들 눈치챘다시피 이 일에 대해 잘 모르네. 또 얼마나 오래 있을지도 모르겠네. 하지만 있는 동안만이라도 서로 잘 지내세."

"에계, 그것뿐이에요?"

"그럼 뭘 말을 더하나?"

다들 기대하는 눈빛이어서 적호가 한마디 덧붙였다.

"개인적으로 싫은 부류가 있네. 잘해주는 사람에게 함부로 대하는 사람이네. 그런 사람들은 반대로 나쁜 사람의 눈치를 살피지. 우린 그러지 마세. 서로에게 잘하세."

모두들 박수를 쳤다. 뭘 박수까지 치냐며 적호가 손사래를 친 후 자리에 앉았다.

불쑥 생각나서 한 말이지만, 적호의 진심이기도 했다.

그리고 또 하나 있다.

적호가 싫어하는 사람이.

바로 자신이 도산검림을 살아가고 있다는 것을 확인시켜 주는 사람이다.

자신이 여전히 독하지 않다는 것을 인식시켜 주는 사람.

이기심으로, 독설로, 배신으로, 기습으로, 그들은 다양한 방식으로 세상이 얼마나 무서운지를 알려준다.

적호는… 여전히 독하지 않은 사람으로 살고 싶다.

"자, 다 같이 한 잔 마셔요!"

홍매랑이 건배를 권했고 모두들 잔을 들었다.

적어도 오늘만큼은 적호도 마음을 풀고 있었다. 이런 편안한 자리 정말 오랜만이었다.

어서 이 모든 일들이 다 끝나서… 서현이와 사부님과 함께 이런 행복한 기분으로 살아가고 싶다. …이런 편안한 이 느낌으로.

*　　　*　　　*

백미관에서 그리 멀지 않은 한적한 호숫가에 백무성과 구양서가 나란히 낚싯대를 드리웠다.

"정말 수고 많으셨소."

백무성의 치하에 구양서가 고개를 숙였다.

적호의 작전 기간 동안 얼마나 마음을 졸였는지 모른다. 이제 한 번쯤은 활짝 웃고 싶었다. 멋지게 해냈습니다라고 큰소리 한 번 치고 싶었다.

하지만 적어도 대공자 앞에서는 그럴 수 없었다. 그의 혈육을 죽인 임무였다.

구양서는 내심을 감춘 채 애써 서글픈 표정을 짓고 있었다.

"이번 작전, 신비루주는 아무것도 알아차리지 못했습니다."

"다행이구려."

구양서가 조심스럽게 물었다.

"한데 왜 적호를 내당 쪽으로 부르신 겁니까?"

적호의 새로운 신분이 백미관주가 된 것은 백무성의 명령 때문이었다.

사실 백무성은 적호가 돌아왔다는 소식을 전해 들었을 때, 당장 찾아가서 보려고 했었다.

하지만 막상 그를 본다고 생각하자 용기가 나지 않았다. 그로 인해 평정심이 무너질까 두려웠다. 그가 너무 형편없는 놈이라서, 그를 죽이고 싶어질까 두려웠다. 그건 바라는 바가 아니었다.

구양서는 불안했다. 적호는 자신의 가장 중요한 수하였다. 혹시나 하는 불안감이 정확하다면 어떻게든 대공자를 말려야 했다.

"왜요? 내가 혹시 그를 죽이기라도 할까 걱정되오?"

구양서의 걱정도 바로 그것이었다. 자신의 혈육을 죽인 칼이었다. 그 칼을 부러뜨리려 한다고 해서 전혀 이상할 것이 없다. 그 불똥이 자신에게까지 튈 수도 있는 일이었다.

"네… 그렇습니다."

구양서가 솔직히 대답했다.

백무성이 미소를 지었다.

"솔직히 말하자면 그럴까 생각도 했소만. 그러지 않기로 했소. 그를 죽이면……."

백무성은 말을 잇지 않았다. 적호를 죽이면 오히려 자식을 죽인 죄책감을 영원히 떨쳐 내지 못할 것 같아서였다. 영원히 자신의 가슴에 그 죄가 낙인처럼 찍힐 것 같았다.

"유능한 인재를 그렇게 버릴 수는 없지요."

마음과는 다른 대답이었다.

"하면 왜 그를 내당으로 불러들이셨습니까?"

"그냥 가까이 두고 한 번쯤 보고 싶었소."

구양서가 침을 꿀꺽 삼켰다.

'위험해.'

왠지 느낌이 좋지 않았다. 적호를 만나려면 그가 어디에 있든 찾아가서 만나면 된다. 그를 가까이 둔다는 그 발상부터, 좋은 예감은 아니었다.

구양서가 속내를 감추며 말했다.

"유능한 자입니다. 보면 마음에 드실 겁니다."

"그러니 더욱 보고 싶구려."

"본 각에 없어서는 안 될 수하입니다."

구양서가 다시 한 번 그 점을 강조했다.

백무성이 희미하게 웃으며 화제를 돌렸다.

"이제 사악련에서는 어떻게 나올 것 같소?"

"지금쯤이면 발칵 뒤집어졌을 겁니다. 하지만 눈에 띄는 도 발을 하진 못할 겁니다. 철혈대로가 암살당했다는 사실은 그 들의 사기를 크게 떨어뜨릴 것이기 때문입니다. 어떻게든 내 부적으로 처리하겠지요."

"그들의 움직임을 항시 주시하세요."

"걱정 마십시오."

"모든 것이 구 각주 덕분이오. 내 절대 잊지 않겠소."

구양서의 허리가 숙여졌다. 그 말을, 이 순간을 기다린 그였 다. 대공자가 후계자가 되어 실권을 잡으면 자신은 신비루주 가 될 것이다.

"다시 뵐 때까지 무양하십시오!"

정중한 인사와 함께 구양서가 자리에서 일어났다.

그가 그곳을 떠나자 진충이 모습을 드러냈다.

퐁!

"이제 끝났군."

"네."

진충의 마음은 대답과 달랐다.

'만약 그랬다면 적호를 내당으로 부르지 않으셨겠죠.'

그리고 더 중요한 문제가 하나 있었다.

그 말을 해야 할지 말아야 할지, 진충은 고민하고 있었다.

눈치 빠른 구양서는 결코 그 말을 꺼내지 않았다. 그의 책임 이 아니었다. 처음 그것에 대한 정보를 제공한 쪽은 자신들이 었으니까.

이제 그 말을 전할 사람은 자신이었다. 자신이 말하지 않으면 영원히 묻힐 일이었다. 해야 할지 말아야 할지 진충은 고민했다.

보고의 내용은 바로 혈육이 딸이었다는 사실이었다.

그 내용을 먼저 보고받고 진충은 큰 충격을 받았다. 설마 딸일 줄은 생각도 못했다.

어차피 죽었는데 아들인지 딸인지 차이가 있을까?

진충은 있다고 생각했다. 백무성은 분명 더욱 가슴 아파할 것이다.

그래서 진충은 보고하지 않기로 마음먹었다.

백무성이 호수를 보며 다시 한 번 반복했다.

"이제 다 끝났어."

진충이 마음속으로 말했다.

'전 아직 아닙니다.'

진충의 눈빛은 펼쳐진 호수처럼 깊고 어두웠다.

第二十四章
만남

절대
강호

소운은 달리고 있었다.

사악련 부근의 숲 속이었다. 수십 명의 무인이 뒤를 추격해 오고 있었다.

주위를 둘러봐도 적호는 보이지 않았다.

'어디에 있어요?'

추격자들이 들을까 소리쳐 부를 수도 없었다.

숨이 차올라 더 이상 달릴 수 없었다.

저 멀리 냇물이 보였다. 그녀가 그곳으로 달려갔다.

주저앉아 물을 마시고 세수를 했다.

물에 비친 그녀의 얼굴이 흔들리고 있었다.

그 위로 적호의 얼굴이 떠올랐다.

“아!”

반가운 마음에 고개를 돌렸지만 뒤에는 아무도 없었다. 환상이었다.

다시 그녀가 고개를 돌리는 순간.

“악!”

냇물이 붉게 물들어 있었다. 핏물이 되어 흐르기 시작한 것이다.

놀란 그녀가 벌떡 일어났을 때, 수십 명의 사악련 무인들이 사방에서 다가오고 있었다.

상반신을 벗은 그들은 야수였다.

금방이라도 달려들어 그녀를 범할 것 같았다.

두려움에 그녀는 진저리를 쳤다.

사내들이 달려드는 그 순간.

“안 돼!”

소운이 침상에서 벌떡 몸을 일으켰다.

“아아.”

그녀의 입에서 한숨이 새어 나왔다.

온몸이 땀으로 흠뻑 젖어 있었다. 악몽이었다. 며칠째 계속 같은 꿈만 꾸고 있었다. 자신을 구해준 적호를 자꾸만 잃어버리는 꿈이었다.

잠시 멍하게 앉아 있던 그녀가 침상에서 몸을 일으켰다.

문밖에서 인기척이 났다.

“목욕 준비되었습니다.”

시비의 목소리였다.

"알았어요."

소운은 이곳에서 아주 편하게 생활하고 있었다.

시비가 모든 것을 챙겨주었고, 맛있는 음식들이 끼니마다 제공되었다. 밖으로 나갈 수 없다는 것 빼고는 명문가의 천금 같은 안락한 생활을 할 수 있었다.

방 옆에 욕실이 마련되어 있었다.

사르르륵.

그녀가 옷을 벗었다. 새하얀 피부, 늘씬한 키에 가는 허리, 탄력있는 허벅지는 같은 여자인 시비의 마음까지 설레게 했다.

그녀가 나무욕조에 몸을 담갔다.

참방참방.

다시 적호가 떠올랐다.

그날 이후, 한 번도 본 적이 없다.

'이제 두 번 다시 볼 수 없는 걸까?'

함께 있을 때는 몰랐는데, 막상 그와 이별하자 자꾸 그의 얼굴이 떠올랐다. 차라리 격렬한 감정 같으면, 어떻게든 마음의 정리를 할 텐데.

불쑥불쑥 한 번씩, 그에 대한 그리움이 은근하다.

강렬한 그리움보다 어쩌면 더 마음을 흔드는 그리움이었다.

목욕을 마친 그녀가 새하얀 무복으로 갈아입었다. 긴 머리를 뒤로 질끈 묶자, 시비가 언제나처럼 같은 감탄을 한다.

"정말 아름다우세요."

"고마워요."

그녀가 돌아왔을 때, 식사 준비가 되어 있었다.

변함없는 일과였다.

평소처럼 식사를 했고, 창가에 서서 차를 마셨다.

그때 그녀가 흠칫 놀랐다. 저 멀리 장원으로 두 사람이 들어서고 있었다. 자신이 온 이후, 첫 방문자였기에 소운의 얼굴에 살짝 긴장감이 감돌았다.

방문자는 바로 주화인과 이단심이었다.

오늘 드디어 주화인이 그녀를 만나러 온 것이다. 주화인은 가화의 얼굴로 변해 있었다.

"그녀는 잘 지내고 있나?"

"네, 얌전히 잘 있었다고 합니다."

"책임자를 불러달라고 요구한 적도 없고?"

"네."

"똑똑한 아이군."

"무슨 말씀이신지요?"

주화인이 잠시 발걸음을 멈췄다. 화원에는 이제 막 피어나기 시작한 꽃들이 살랑살랑 아침 바람에 흔들리고 있었다.

"낯선 곳이 두렵기도 할 테고. 아버지도 보고 싶을 거고. 그런데도 말없이 기다린다는 것은 나이에 비해 참을성도 있고, 신중하다는 뜻이지."

"철혈구로까지 입로한 아이니까요."

"예쁘다지?"

"네? 아, 네. 그렇다고 아가씨께 비할 바는 아닙니다."

주화인이 피식 웃었다.

"묻지 않은 것까지 대답하는 걸 보니, 나보다 나은 모양이군."

"그런 것 아닙니다, 절대 아닙니다!"

이단심이 당황했다.

주화인이 웃으며 말했다.

"어리잖아. 그것만으로도 더 아름다운 거지."

"저 나이 때 아가씬 정말 끝장났었지요."

"지금은 아니고?"

"아직 놀리는 것 안 끝나셨습니까?"

"하하, 아니야."

주화인이 장원을 바라보며 나직이 말했다.

"어쨌든, 아깝군. 사형만 아니면 내가 키워볼 텐데."

두 사람이 막 건물로 들어서려던 그때였다. 수하 하나가 달려와 이단심에게 귓속말을 전하고 사라졌다.

이단심이 조금 놀란 표정으로 빠르게 보고했다.

"그분을 내당으로 불러들였답니다."

"뭐? 누가? 사형이?"

"네."

주화인의 얼굴이 살짝 상기되었다. 잠시 숙고하던 그녀가 이내 묘한 미소를 지었다.

"과연 사형답네."

"무슨 말씀이신지요."

"사형의 방식이지. 가까이 두면서 마음을 다잡는 것."

"전 무슨 말씀인지 모르겠습니다. 내당으로 불렀다면 위험한 징후가 아닙니까?"

주화인이 고개를 내저었다.

"아니. 그 반대지. 죽이려고 했다면 절대 내당으로 불러들이지 않았을 거야. 그냥 죽였겠지. 내당으로 불렀다는 것은 사형 스스로 이번 일을 극복하려는 거야. 자신의 혈육을 죽인 자를 가까이서 보고, 또 죽이지 않음으로 이 일을 극복해 내려는 거야. 일종의 정면돌파인 셈이지."

이단심이 고개를 끄덕였다. 머리로는 이해가 되었지만 가슴으로는 이해가 되지 않았다. 자신이라면 죽였거나, 그렇지 않다면 영원히 볼 일 없는 곳으로 보냈을 것 같았다. 그에 반해 자신의 주인은 백무성의 마음을 완전히 이해하는 표정이었다.

주화인이 가볍게 한숨을 내쉬며 덧붙였다.

"하지만 여전히 이번 일의 열쇠는 진충이 쥐고 있지."

소운이 긴장한 표정으로 주화인을 맞이했다.

멀리서 봤을 때는 그냥 평범한 여인이라 생각했는데, 가까이서 본 주화인은 단지 아름다운 여인 그 이상의 뭔가가 있었다. 소운은 이렇게 품위있는 기도를 지닌 여인을 지금까지 본

적이 없다.

"누구시죠?"

"내가 누군지는 중요하지 않아요."

소운이 다시 한 번 힘주어 물었다.

"누구냐고 물었어요."

그녀가 강하게 나오자 주화인이 미소를 지었다.

"역시 피는 속일 수 없나 보군요."

아버지가 언급되자 소운의 눈가가 살짝 떨렸다.

주화인이 담담히 말했다.

"난 소저의 부친을 모시는 사람이에요."

주화인이 천천히 소운과 자신의 잔에 식은 차를 채웠다.

"우선 한잔해요."

주화인이 목을 축였고, 소운은 조금 긴장한 상태 그대로 있었다.

"아름다운 분이시군요."

주화인의 칭찬은 진심이었다. 수하들에게 전해 들은 것보다 훨씬 미녀였다. 고된 탈출 과정도 그녀의 아름다움을 훼손시키지 못했다.

"저희 아버지는 어디에 계시죠?"

"아버님은 신군맹 본단에 계세요."

"그런데 왜 저를 이곳으로 데려오셨죠?"

"부친을 뵙기 전에 말씀드릴 것이 있어요."

"뭐죠?"

"아가씨의 부친은 이곳 신군맹에서 아주 높은 자리에 있는 사람이에요."

소운이 침을 꿀꺽 삼켰다.

"어떤 자리죠?"

"차기 후계자 중 한 분이세요. 대공자라 불리는 분이시죠."

소운이 깜짝 놀라 두 눈을 치떴다.

"제 아버지가 신군맹의 대공자라고요?"

"네, 그래요."

충격을 받은 소운이 잠시 말문을 잃었다.

한참 후, 소운이 물었다.

"왜 아버지가 오시지 않았죠?"

"공자께서는 혼례를 앞두고 있어요."

무슨 생각에서인지 주화인은 그녀에게 솔직한 이야기를 하고 있었다.

"혼례를요?"

소운이 더욱 놀랐다.

"신군맹에서 가장 강력한 단체와 맺어지기 직전이지요. 한데 문제가 있어요. 그쪽에서는 소저의 존재를 알지 못하거든요."

소운은 당연한 일이라 생각했다.

"따라서 소저의 정체가 드러나면 곤란한 상황이지요."

잠시 침묵이 흘렀다.

"똑똑한 분이니 어떤 상황인지 아시겠지요?"

소운이 고개를 끄덕였다.

"이런 상황인데 왜 저를 불렀죠?"

"부친께서 부르신 것이 아닙니다. 부친께서는 백 소저의 존재를 모르고 계십니다."

"뭐라고요?"

소운이 벌떡 자리에서 일어났다. 그녀는 큰 충격을 받았다.

"제가 독단적인 결정으로 소저를 모셨습니다."

"뭐라고요? 왜죠?"

"주인님의 유일한 혈육인데 사악련에 계신 것을 그냥 두고 볼 수는 없었으니까요."

멍하니 서 있던 소운이 다시 자리에 털썩 주저앉았다.

"그럼 전 아버지를 만나지 못하는 건가요?"

"소저가 오신 것을 안다면 아버님은 혼례를 취소할 거예요. 그건 아버님께 치명적인 결과를 낳게 될 거예요. 그걸 원하지는 않으시겠죠?"

"……."

소운의 얼굴이 어두워졌다. 아버지가 이런 신분인지, 또 이런 상황인지는 정말 상상도 못한 일이었다. 지난 며칠간의 생활을 통해 아버지가 신군맹에서 꽤 높은 분이란 것 정도만 짐작했을 뿐이었다. 예상치 못한 사실에 당황스럽기도 했고, 화도 났다.

"혼례는 언제죠?"

"두 달 후예요."

"두 달."

"하지만 그전에 뵐 수 있는 방법도 있어요."

"네?"

"독단적으로 일 처리를 해서 소저께 큰 죄를 지었어요. 그래서 드리는 말씀이에요. 만나게 해드릴 테니까 당분간 비밀을 지킬 자신이 있으세요?"

"그러니까, 만나더라도 제가 딸이란 사실을 숨기란 말인가요?"

소운의 목소리가 떨렸다.

주화인이 고개를 끄덕였다.

"그래요, 바로 그 말이에요."

잠시 고민하던 소운이 고개를 끄덕였다. 아버지를 기다리기 위해 이곳에서 두 달이나 갇혀 있기 싫었다. 더구나 혼례를 올리기 전에 아버지를 만나고 싶었다. 아버지를 만나기 위해 천라지망을 뚫고 이곳까지 왔다.

주화인이 당부했다.

"대신 반드시 약속을 지켜야 해요. 만약 어기면 공자께서는 큰 화를 당하게 될 거예요. 어떤 식이든요."

"약속… 지키겠어요."

소운의 눈빛이 반짝였다.

주화인이 싱긋 웃었다.

"곧 연락드리지요."

주화인이 돌아서 나가려는데 소운이 물었다.

"아버진 어떤 분이시죠?"

"강하신 분이에요. 이 강호의 그 누구보다 멋진 분이시지요."

주화인이 미소를 지으며 덧붙였다.

"공자께서 백 소저를 보면 아주 좋아할 겁니다."

"정말 그럴까요?"

"세상의 어떤 아버지가 소저같이 아름다운 딸을 싫어하겠어요?"

주화인이 방을 나섰다.

밖에서 기다리고 있던 이단심이 함께 걸었다.

두 사람이 장원을 나왔을 때, 이단심이 물었다.

"왜 대공자에 대해 말해주신 건가요?"

"상대를 완전히 속이려면 칠 할의 진실이 섞여 있어야지."

"공연히 백 소저가 나서서 일을 그르칠까 두렵습니다."

"똑똑해 보이더군. 그러진 않을 거야."

장원의 대문 앞에서 주화인이 잠시 멈춰 섰다.

"원래는 그냥 잡아두었다가 결정적일 때 쓰려고 했었어. 그런데 사형이 그 사람을 내당으로 불렀다는 말을 듣고… 마음이 바뀌었어. 그저 딸의 존재를 밝히는 것만으로 부족하다는 것을 깨달은 거지. 타격을 입긴 하겠지만 그 정도에 무너지지 않을 거야."

"어떻게 하시려고요?"

이단심이 조금 불안한 마음으로 물었다.

사람을 판단하고 세상을 읽는 주화인의 능력을 믿었다. 주화인은 자신이 만난 그 어떤 여인보다 뛰어난 여인이었다. 그녀를 모시는 것을 한없는 영광으로 생각한다.

하지만 대공자 역시 대단한 사람이란 것을 주화인을 통해 언제나 확인한다. 그래서 위태로운 마음이 들 때가 있다. 바로 지금 같은 때다.

"그녀를 백미관에 보낸다."

"네?"

생각지도 못한 말에 이단심이 깜짝 놀랐다.

"위험합니다."

"뭐가?"

"그녀의 존재가 발각될 수도 있습니다."

"여기 숨겨두면 괜찮고?"

이단심은 말문이 막혔다. 이곳 역시 완전히 안전하다고 볼 수 없다. 서로가 서로를 캐기 위해 수십 명의 세작이 활동하고 있었으니까. 이 강호에 완전한 비밀은 없다.

"왜 그분에게 보내는 겁니까?"

이단심은 소운을 적호에게 맡겨 호위를 부탁하는 것이라 생각했다. 하지만 주화인의 뜻은 그게 아니었다.

"그에게 보내는 것이 아냐."

"네?"

"사형에게 보내는 거야."

주화인이 뜻 모를 미소를 지었다.

"재미있는 책보다 더 재미있는 것이 뭔지 알아?"

"무엇이죠?"

"현실."

"……!"

"꾸며진 이야기보다 언제나 현실이 감동적인 법이지."

이단심은 주화인이 왜 그런 이야기를 하는지 알 수 없었다. 가만히 다음 이야기를 기다렸다.

"감동은 언제나 눈물을 부르는 법이지. 하지만 우리가 작위적으로 일을 꾸며선 감동이 없을 거야. 사형은 쉽게 감동하는 사람이 아니거든."

"무슨 말씀이신지?"

"이번 일은 눈물 없이는 볼 수 없는 이야기가 되어야 해."

주화인이 눈빛을 반짝이며 덧붙였다.

"그렇게 될 때 사형은 내부에서부터 무너지겠지."

*　　*　　*

적호는 백미관에 빠르게 적응하고 있었다.

관주의 숙소는 신군맹 밖에 배정되어 있었다. 너른 마당이 있는 아담한 집이었다. 제이창고장일 때는 외당에 배정받았는데 그때보다 더 넓고 좋은 집이었다. 신군맹까지는 걸어서 이각 정도 걸렸는데, 산책 삼아 걷기에 딱 좋은 거리였다.

무인들이 밀려들 때는 정말 정신없이 바빴다. 바쁠 때면 누가 시키지도 않았지만, 적호는 손수 나서서 일손을 도왔다. 처음에는 홍매랑이 그러지 말라고 손사래를 쳤지만, 만류를 뿌리치고 적호는 그들을 도왔다. 일하는 손이 야무져서, 바쁜 일손에 큰 도움이 되었다.

적호는 인간적으로 그들을 대했고, 백미관 식구들은 격없이 자신을 대해주는 상관에게 점점 마음을 열고 있었다.

그렇다고 밥이나 나르며 마냥 놀고 있지는 않았다. 밤이면 기존의 무공 수련 대신 천변백면공을 완성하는 데 심혈을 기울였다.

다른 얼굴로 변하는 시간이 점차 줄어들었고, 좀 더 완벽하게 변신할 수 있게 되었다. 이제는 어느 정도 목소리까지 흉내낼 수 있었다. 배우면 배울수록 흥미로운 신공이었다.

무인들의 식사가 끝나고 식구들의 식사시간이 되었다. 뒤늦은 식사를 위해 그들이 탁자를 여러 개 붙여 한자리에 둘러앉았다.

처음에 적호에게는 따로 식사를 내왔는데, 이제는 그들과 함께 식사를 했다.

함께한 지 몇 달은 된 것처럼 일하는 이들은 적호의 눈치를 보지 않고 편하게 이야기를 나눴다.

"관주님은 왜 혼인을 하지 않으셨나요?"

홍매랑의 물음에 적호가 어깨를 으쓱하며 대답했다.

"어쩌다 보니 혼기를 놓쳤네. 한데 그건 왜 묻나? 중매라도 설 텐가?"

"호호, 못 설 것도 없지요. 제 중매로 연을 맺은 부부가 열 쌍은 넘는답니다."

"열 쌍이나?"

"제가 사람 보는 눈이 좀 있지요."

"그러는 자넨 왜 혼자인가?"

"중이 제 머리 못 깎는 거죠."

"요즘 중은 다 제 머리 잘 깎는다던데?"

"시대에 뒤처지는 농담은 사양입니다."

"하하하하."

적호가 유쾌하게 웃었다. 그녀는 나이에 비해 고리타분하지 않았다. 하루에 백이십 명이나 되는 무인들을 가장 가까이서 상대하는 그녀였다. 더구나 그들 대부분은 경계를 서는 무인들이었다. 번을 서는 무인들이 주로 그렇듯, 소문에 민감한 그들은 기본적으로 재미있는 이야기를 많이 알았다. 그들을 통해 듣는 이야기들이 많았다.

"대공자께서도 이번에 혼례를 올리시잖아요. 모르긴 해도 관주님과 비슷한 연배일 거예요."

"검천과 맺어지면 대공자의 위세가 더욱 커지겠군."

"벌써부터 소문이 돌고 있어요, 후계자는 대공자가 될 거라고."

"삼공녀가 그냥 있을까?"

"그냥 있지 않으면요?"

"홍매가 삼공녀라면 말이지, 그냥 두고만 보겠어?"

그러자 홍매랑이 주위를 살피며 목소리를 낮췄다.

"큰일 날 소리 마세요."

하지만 이내 홍매랑이 말했다.

"하긴, 그냥 있진 않겠지요."

"만약 홍매라면 어떻게 할 거야?"

"글쎄요, 저라면……."

잠시 고민하던 홍매랑이 나직이 말했다.

"저라면 죽여 버릴 거예요."

적호가 피식 웃으며 대답했다.

"그럴 수 있었다면 진작 죽였겠지? 대공자가 쉽게 죽겠어?"

"그게 아닌데요?"

"응?"

"신 소저를 죽여 버린다고요. 혼인할 여인이 없으면 혼례도 없잖아요."

"뭐?"

순간 적호의 표정이 진지해졌다.

"왜 그래요? 농담이에요, 농담."

"홍매, 그 속에 무시무시한 피가 흐르는 것 아냐?"

농담을 던지고 있었지만, 사실 적호는 신 소저를 죽여 혼례를 취소시킬 수도 있다는 생각은 하지 못했다. 여자를 죽여서 목적을 취하는 방법 자체가 그에게 낯설어서였다.

홍매랑이 이럴진대 삼공녀는 어떨까? 몇 배, 아니, 몇십 배 더한 독심을 품고 있을지 모르겠다는 생각이 들었다. 대수롭지 않은 대화에서 느낀 바가 컸다.

그때 청년 하나가 물었다.

"참, 오늘 새로 사람이 온다던데 사실입니까?"

홍매의 물음에 적호가 대수롭지 않게 대답했다.

"그렇다더군."

"남의 일처럼 말씀하시는군요."

"홍매가 알아서 처리할 텐데 뭘."

"이럴 때 보면 천하태평이신데 말이죠."

일할 때는 또 야무지단 말이었다. 모두들 두 사람을 보며 미소를 지었다.

지난 창고 임무에 비해 적극적으로 변한 적호였다.

영향을 준 것은 두 가지였다.

첫째, 사악련 임무였다. 적극적으로 다른 사람이 되어본 경험이 큰 도움이 된 것이다. 이전까지는 자신이 위장 중이라는 인식을 하며 항상 경직되어 있었다면, 이제 자연스러웠다.

두 번째는 천변백면공의 영향이었다. 인피면구가 아닌, 직접 다른 사람의 얼굴로 변하게 되자 그 대상에 대한 개성과 인격이 강하게 적호를 자극한 것이다.

"그나저나 어쩐 일로 사람을 다 충당해 주는 걸까? 그렇게 보내달라고 해도 안 보내더니."

"그러게 말입니다."

"관주님 덕분이지요."

적호가 가슴을 활짝 폈다.

"아무렴."

모두들 껄껄 웃었다.

"아무튼 일 좀 잘하는 애가 왔으면 좋겠습니다."

"일 못해도 좋으니 예쁜 여자가 왔으면 좋겠어요."

젊은 청년들이 제발 그랬으면 입을 모았고, 여인들이 그럴리 없다며 껄껄 웃었다. 그녀들은 대부분 후덕한 중년이었다.

"걱정 마. 예쁜 여자가 올 거야."

적호의 장담에 홍매가 물었다.

"어찌 그리 장담하십니까?"

"내가 원래 여복이 많네."

"절 만나신 것만 봐도 그렇긴 합니다만."

"하하하."

그때였다. 누군가 안으로 들어섰다.

"어? 남잔데요?"

청년 하나가 고개를 갸웃했다.

오기로 한 여인 대신 중년 사내가 들어선 것이다.

그를 보는 순간, 적호가 흠칫 놀랐다.

두근두근.

갑자기 심장이 뛰기 시작했다.

그 순간 적호는 알아차렸다.

'대공자!'

그것은 상대의 평범한 기도에서 느껴지는 특별함 때문만은 아니었다.

어떤 운명적인 느낌이었다. 자신과 이어진 어떤 운명적인
느낌.

백무성이 미소를 지으며 말했다.

"다들 식사 중이었군."

가까이 있던 청년이 물었다.

"누구신지요?"

멍하게 있던 공숙이 벌떡 일어났다.

"설마?"

가장 먼저 그를 알아본 사람은 의외로 주방에만 틀어박혀
지내는 공숙이었다. 예전에 다른 주방에 지원을 나갔을 때, 한
번 그를 본 적이 있었다.

뒤이어 어이쿠 비명을 내지르며 홍매가 일어났다. 홍매 역
시 먼발치에서 몇 번 대공자를 본 적이 있었다. 기억력이 좋은
그녀였는데, 설마 이곳에 대공자가 올 리 없을 거란 생각에 설
마설마 하고 있었던 것이다. 한데 공숙의 반응에 그가 대공자
임을 확신했다.

"대공자님!"

대공자란 말에 모두들 벌떡 자리에서 일어났다.

"어서 오십시오!"

모두들 바짝 얼어 고개를 숙였다.

적호가 그에게 다가가 정중히 인사했다.

"어서 오십시오. 관주인 진호입니다."

"백무성이오."

“뵙게 돼서 영광입니다.”

“별말씀을.”

두 사람의 시선이 허공에서 얽혔다.

백무성이 의미심장한 눈빛을 보냈다. 적호는 떨리는 마음을 진정시키며 담담히 그 눈빛을 받았다.

적호는 안다, 자신을 내당으로 불러들인 사람이 바로 대공자란 사실을.

궁금한 것이리라.

자신의 혈육을 죽인 검이 어떤 검인지.

적호의 심장이 두근거렸다. 눈앞의 그가 무서워서가 아니었다. 눈앞에 없는 그가 무서웠다.

이성적이고 야망에 찬 그가 두려운 것이 아니었다. 잠을 자다 벌떡 일어나, 자신의 혈육을 죽인 자를 죽여 버리라고 우발적인 명령을 내리는 감정적인 그가 무서운 것이다.

자식에 대한 복수를 자식에게 되갚을지도 모른다는 원초적 불안감이었다.

무슨 일이 있어도 절대 그에게만은 서현이의 존재를 들켜선 안 된다.

적호의 머리가 본능적으로 돌고 있었다.

대공자는 모르고 있다, 자신이 모든 내막을 다 알고 있다는 사실을.

그러니까 대공자가 자신에게 용건이 있어 찾아왔다는 사실조차 자신은 몰라야 한다. 자신은 그저 명령을 성실히 수행한

십이귀병의 한 명일 뿐이다. 애초에 대공자가 자신의 정체를 알지 못한다고 생각하고 행동해야 한다.

철혈대로 앞에서보다 더 떨렸지만, 적호는 최대한 침착했다.

그리고 이것은 검을 휘두르는 싸움보다 더 힘든 싸움이었다.

"식사가 늦어서 그런데, 함께 먹어도 되겠나?"

모두들 얼어붙은 채 난감한 표정을 지었다.

홍매랑이 재빨리 소리쳤다.

"아무렴요! 이리 오십시오! 뭐해, 어서 여길 치우지 않고!"

황급히 백무성의 자리가 만들어졌다.

"찬은 그대로 두게. 그냥 밥이나 한 그릇 가져오게."

백무성이 그들이 밥을 먹던 자리에 끼어 앉았다. 주위의 청년들은 완전 사색이 되었고, 넉살 좋던 여인들도 당황해서 쩔쩔매고 있었다. 상대는 이곳 신군맹의 주인이 될지도 모를 사람이었다. 말 한마디에 이곳 모두의 생살여탈권을 지닌 인물이었다. 모두들 숨조차 크게 쉬지 못했다.

공숙이 주방으로 뛰어갔다.

"그냥 밥만 한 그릇 가져오게."

그가 한 번 더 강조하자 찬을 새로 만들려던 공숙은 어쩔 수 없이 밥과 기존의 찬 몇 가지를 새로 들고 나왔다.

"자, 함께 들세."

백무성이 젓가락을 들자 모두들 젓가락을 들었다. 하지만 감히 젓가락을 내미는 이는 없었다.

백무성이 웃으며 말했다.

"이러면 내가 너무 미안하지 않는가?"

그러자 적호가 용감하게 젓가락을 내밀어 찬을 집었다.

"그럼 먹겠습니다."

"당연히 그래야지. 하하."

그러자 홍매랑이 밥을 먹기 시작했고 다른 이들도 조심스럽게 젓가락을 놀렸다.

경직된 분위기를 깬 것은 백무성이었다.

"관주께선 가족이 있으시오?"

적호가 침을 꿀꺽 삼켰다.

"아직 없습니다."

"왜 없으시오, 그 좋은 인물에?"

"어찌하다 보니 그렇게 되었습니다."

적호는 침착했다. 표나지 않게 심호흡을 하고 있었다. 너무 표나게 침착해도 안 되고, 너무 표나게 긴장해도 좋지 않다. 적당하게 반응해야 한다.

"가정을 이루고 싶지 않으시오?"

"이루고 싶습니다만……."

"그런데요?"

"아무래도 제 팔자가 드센가 봅니다. 여인과 인연이 잘 닿지 않습니다."

"후후후."

백무성이 희미하게 웃었다.

적호는 그의 웃음에서 자제를 느꼈다. 그는 노력하고 있었다, 자신을 죽이지 않기 위해서. 자신을 용서하기 위해서.

적호는 울컥 치미는 감정을 애써 억눌렀다.

그의 시험에 든 것이 화가 난다. 그녀를 죽이지도 않았지만, 설령 죽였다 하더라도 그건 자신이 죽인 것이 아니라 명령을 내린 그가 죽인 것이다.

그런데 이제 와서 누가 누굴 용서한단 말인가! 이건 권력자의 횡포다!

그 욱한 감정을 감추며 적호가 미소로 물었다.

"곧 혼례를 하신다고 들었습니다. 축하드립니다."

적호의 말에 그곳의 모두가 고개를 숙이며 인사했다.

"축하드립니다, 대공자님!"

"하하하. 고맙네, 고마워."

분위기가 좀 누그러지자 이번에는 홍매랑이 용감하게 물었다.

"한데 미리 말씀도 없이 이곳은 어쩐 일이십니까?"

"그냥 왠지 끌렸다고 할까? 하하, 운명의 끌림이라고 하지?"

적호는 그것이 자신을 염두에 둔 말이라고 생각했다. 백무성의 의도 역시 그러했다.

하지만 그건 정말 운명의 끌림이었다.

그리고 그것은 적호와의 운명이 아니었다.

"자, 오늘 잘 얻어먹었네."

백무성이 자리에서 일어났다. 모두들 벌떡 자리에서 일어났다.

"다음에 또 들르겠네."

제발 다시는 오지 말라는 모두의 염원을 뒤로한 채 그가 천천히 입구로 걸어갔다.

바로 그때, 누군가 그곳으로 들어섰다. 들어선 사람은 여인이었다. 그녀를 본 순간, 적호가 깜짝 놀랐다. 백무성이 들어섰을 때보다 훨씬 더 놀랐다.

여인이 장내를 돌아보며 큰 소리로 말했다.

"오늘 이곳에 배정받은 소운이라고 합니다."

모두의 시선이 그녀에게 집중되었다.

"아아! 예쁘다!"

젊은 녀석 하나가 백무성이 아직 나가지 않았음에도 불구하고 탄성을 터뜨렸다.

머리를 질끈 뒤로 묶은 그녀는 그야말로 방금 하늘에서 내려온 선녀 같았다.

적호는 당황스러웠다. 오늘 새로 올 여인이 그녀일 줄은 정말이지 꿈에도 생각 못했다. 뭔가 잘못되었을 것이라 생각했다.

밖으로 걸어나가던 백무성과 소운의 시선이 마주쳤다.

이 만남이야말로 대공자가 말한 바로 그 운명의 마주침이었다.

잠시 서로를 쳐다보던 두 사람이 스쳐 지나갔다.

그 모습을 지켜보는 적호의 눈빛이 깊어졌다.

'대체 무슨 일을 꾸미는 거지?'

그날 오후, 백미관은 개관 이래 최대로 술렁대고 있었다.

"내가 도와주지."

"이건 여기다 놓으면 됩니다."

"원래는 신입이 해야 하는 일이지만 내가 맡도록 하지."

소운 주위로 젊은 녀석들이 둘러서 있었다. 어떻게든 소운에게 잘 보이기 위한 경쟁이 시작된 것이다.

소운은 난처한 얼굴로 그들의 말을 듣고만 있었다.

적호가 그 모습을 말없이 지켜보고 있었다. 정말이지 삼공녀가 대단하다는 생각을 했다. 평범한 얼굴로 바꾸든, 인피면구를 씌우든 하지, 저 주목받는 얼굴을 그냥 보내다니. 정말 허를 찌르는 일이 확실했다. 세상 누가 저 중요한 사람을 이렇게 주목받게 할 것이라 생각하겠는가?

소운은 얼굴과 목소리가 바뀐 자신을 당연히 알아보지 못했다.

그녀를 보낸 사람은 분명 삼공녀였다. 우연히 그녀가 이곳에 왔을 리는 절대 없다. 의도적으로 자신에게 보낸 것이다.

'대체 왜?'

일단 대공자와 소운은 그렇게 스쳐 지나갔다. 소운은 그가 대공자인 줄 모르고 지나쳤다. 소운의 등장으로 대공자의 역사적인 방문은 뒷전으로 밀려났다. 아무도 대공자에 대해 언급하지 않았으니, 소운 역시 자신이 아버지와 마주쳤다는 사실을 아직은 알지 못했다.

"하여튼 사내들이란."

적호 옆으로 홍매랑이 다가왔다.

"꽃에 나비가 날아드는 것은 당연한 일이 아닌가?"

"혹시 관주님도 관심있으시오?"

"나는 사내 아닌가?"

"징그럽게. 딸 같은 아이를 두고 뭔 소리요!"

"나이가 뭔 상관인가? 엄연한 총각인데."

"당연히 상관있지요. 나이가 상관없다면, 대체 상관있을 것이 뭐가 있겠어요?"

"젊고 잘생긴 청년이 자네에게 빠졌다고 가정해 보세."

"그런 일 없어요!"

"그는 진심으로 자넬 좋아해. 보고만 있어도 가슴이 설레니 자네도 그를 좋아하게 됐어. 그게 징그러운 일인가? 내가 하면 사랑이고……."

"흥! 됐어요!"

홍매랑은 더 이상 말을 못했다. 그녀의 양 볼은 붉어져 있었다. 생각만 해도 가슴이 설렌 모양이었다. 홍매랑이 아직 독신이란 사실이 실감이 가는 순간이었다.

적호가 웃으며 말했다.

"그러니 남자들만 너무 몰아세우지 말라고."

입을 삐죽 내밀고는 홍매랑이 주방으로 갔다.

그때 소운 쪽에서 큰소리가 들렸다.

"모두 잘 들어요!"

쩌렁쩌렁한 그녀의 목소리에 사내들이 찔끔 놀랐다.

소운이 그들을 돌아보며 당당하게 말했다.

"도움이 필요하면 제가 부탁할 거예요. 그러니 이러시지 않아도 돼요. 알았나요?"

"우린 단지 후배를 도우려고. 더구나 약한 여인을 그냥 두고 볼 수는……."

소운이 갑자기 사내의 팔목을 잡았다.

다음 순간, 휘익하며 사내가 한 바퀴 허공을 돌아서 바닥으로 떨어졌다.

쿵!

소운이 그의 등을 받쳐 주었기에 다치지는 않았다.

모두들 눈이 휘둥그레졌다. 방금 전 한 수는 평범한 호신술의 차원을 넘는 것이었다.

"봤죠? 저 약하지 않아요."

어리둥절 감탄한 그들에게 소운이 다가섰다.

"한 번씩 당해볼래요?"

그러자 모두들 후다닥 흩어졌다.

소운이 가볍게 한숨을 내쉬었다. 그들이 순박한 청년들임을 왜 모르겠는가? 하지만 그렇다고 그들 사이에서 공주 대접을 받고 싶지 않았다. 성격에 맞지 않는 일이다.

소운이 적호에게 걸어왔다.

“관주님.”

“무슨 일인가?”

“제가 해야 할 일을 지시해 주세요.”

“음식 나르고, 청소하고. 일단 그 정도겠지? 자세한 것은 저기 홍 총관에게.”

홍매랑이 주방 앞쪽에 팔짱을 낀 채 서 있었다.

“알겠습니다.”

소운이 그녀에게 다가갔다.

홍매랑이 한옆에 세워둔 비를 내밀었다.

소운이 비를 챙겨 들고 나가 백미관 앞을 쓸기 시작했다.

홍매랑이 어깨를 으쓱하며 말했다.

“생긴 것보단 씩씩해 보이네요.”

적호가 피식 웃었다. 그녀가 철혈구로의 무인이었다는 사실을 알게 되면 모두들 기겁할 것이다. 일반인에게 철혈구로는 그야말로 공포의 대상이었으니까.

적호가 홍매랑을 보며 말했다.

“나 잠시 외출해.”

홍매랑이 엄지손가락을 들며 대답했다.

“상관의 잦은 외출! 아랫사람을 위한 최고의 배려지요.”

*   *   *

반 시진 후, 적호가 호숫가에서 낚싯배를 타고 있었다.

호수에는 돈을 받고 배와 낚싯대를 빌려주는 사람이 있었다. 그녀와의 약속대로 열두 번째 배와 낚싯대 세 개를 빌려달라고 했다. 사내는 순순히 그 말을 들어주었다.

그렇게 배를 빌려 낚시를 시작한 지 한 시진쯤 지나자, 반대쪽에서 또 다른 낚싯배가 다가왔다.

커다란 차양막이 쳐진 그곳에 가화 그녀가 앉아 있었다. 물론 그녀는 가화로 변신한 주화인이었다.

그녀가 주위를 둘러보며 말했다.

"그러고 보니 둘이 사귈 때, 이런 곳 한 번 못 와봤네."

진심으로 아쉽다는 표정을 짓는 그녀를 보자, 적호는 참으로 여자들이란 알 수 없는 존재란 생각이 들었다. 어떤 대상에 대해 알 만큼 안다라는 표현, 과연 여인에게 쓸 수 있는 말일까? 아니란 생각이 든다.

"대체 무슨 의도지?"

"무슨 말이야?"

찾아온 이유를 다 알 텐데, 그녀는 모른 척 묻고 있었다.

"대공자의 딸을 왜 내게 보냈지?"

"아! 그거?"

주화인이 미소를 지었다.

"그야 당연히 지켜달라고 보냈지."

"뭐?"

"우리가 지키기에 너무 위험하더라고. 알다시피 대공자 쪽과 우린 서로를 필사적으로 감시하고 있어. 혼례식까지 들키지 않고 보호할 자신이 없어. 그래서…….”

“그래서 내가 보호해 달라고?”

그녀가 고개를 끄덕였다. 너무 천연덕스럽게 부탁을 하고 있어서 마치 그녀의 수하가 된 것 같았다. 여전히 그녀와 사랑을 나누는 사이처럼 느껴진다.

적호는 그녀의 진심을, 삼공녀의 의도를 알아내려고 노력했지만 알 수 없었다.

“거절한다면?”

“이미 발령은 나버렸는걸.”

“휘각의 임무가 떨어지면 자리를 비워야 할 수도 있어.”

“그 정도는 괜찮을 거야. 그리고 대공자든 누구든, 설마 그녀를 그곳에 숨겨뒀으리라곤 아무도 예상하지 못할 거야. 당신이라면 예상할 수 있겠어? 그렇게 예쁜 여자를? 그것도 본명 그대로?”

그녀의 말처럼 정말 파격적인 방법임은 확실했다. 물론 그만큼 위험한 방법이기도 했다.

“당신을 자꾸 이용하는 것 같아 미안해. 하지만 당신 말고는 정말 믿을 사람이 없어.”

적호가 내심 코웃음을 쳤다. 씨도 안 먹힐 소리를 저렇게 웃는 얼굴로 태연히 하고 있다니.

“그리고 참고로 그녀는 대공자가 아버지인 것을 알고 있어.”

주화인이 싱긋 웃으며 덧붙였다.

"어차피 내려진 명령이야. 그러니 이번만 이해해 줘."

그녀의 부탁에 적호가 피식 웃었다. 물론 이해는 한다. 이해하려 들면 강호에 이해 못할 일이 어디에 있겠는가?

문제는 이렇게 한 번, 두 번 양보를 해주다 보면 그 배려를 당연한 권리처럼 써먹으려는 데 있다.

'그래, 일단은 참아주지.'

용무를 마친 두 배가 반대쪽으로 멀어졌다.

마지막 순간 뒤를 돌아본 쪽은 주화인이었다. 저 멀리 육지에 오르는 적호를 바라보며 그녀가 나직이 말했다. 진심이 담긴 한마디였다.

"…잘 견뎌줘."

엄청난 미녀가 새로 왔다는 소문이 백미관을 찾는 모든 무인들뿐만 아니라 내당의 무인들에게도 퍼졌다.

괜히 일없이 백미관 주위를 어슬렁거리는 젊은 무인들의 숫자가 부쩍 늘어났다. 다른 곳에서 식사를 하는 이들이 백미관으로 식사 장소를 바꿔달라고 단체로 청원을 넣었다는 소문이 돌았다.

어쨌든 백미관의 아침 식사시간은 확실히 여느 때와 달랐다.

일차로 식사를 하러 온 육십 명 모두의 시선이 음식을 나르는 소운에게 집중되어 있었다.

다행히 노골적으로 추파를 던지거나 희롱을 하거나 하는 일은 없었다. 고참들 몇이 너무 아름답다며 큰 소리로 고백하는 장난을 했을 정도였다. 육십 명이나 되는 노골적인 시선을 담담히 잘 받아내고 있었지만, 그녀의 얼굴은 불편한 마음을 반영하듯 상기되어 있었다.

"소운!"

적호가 소운을 불렀다.

음식을 나르던 소운이 적호의 자리로 뛰어왔다.

"부르셨어요?"

"잠깐 앉아봐."

"네."

그녀가 맞은편에 앉았다. 칸막이가 되어 있어서, 밖에서는 그녀가 보이지 않았다. 바깥에서 야유 소리가 들려왔다.

"잠시 이것 좀 계산해 줘."

적호가 서류 몇 장을 내밀었다. 간단한 작업이었다. 왜 자신에게 이런 일을 시키는지 의아한 표정을 짓던 그녀가 순순히 일을 시작했다.

"알겠습니다."

잠시 계산에 몰두하던 그녀가 조심스럽게 물었다.

"저기 관주님?"

"응?"

"혹시 저를 일부러 불러주신 건가요?"

"무슨 말인가?"

적호가 시치미를 떼자 그녀가 당황했다.

"아니에요."

그녀가 다시 일에 집중했다.

소운은 관주를 보면서 왠지 모를 친근함을 느꼈다. 이유는 알 수 없었다.

살다 보면 사람 사이의 거리가 가깝게 느껴지는 사람을 만날 때가 있다. 매일 봐도 가까워지긴커녕 그나마 있던 정도 뚝뚝 떨어지는 사람이 있는가 하면, 그냥 이유없이 살갑게 느껴지는 사람이 있다. 눈앞의 이 관주가 후자의 경우였다.

문득 든 생각이었다, 어쩌면 관주가 저 귀찮은 시선들을 피해 잠시 쉬라고 불러줬을지도 모른다고. 하지만 공연한 오해였던 것 같았다. 괜히 무안해져서 얼굴이 화끈거렸다.

물론 적호는 그녀를 일부러 불렀다, 조금 쉬라고.

주위의 시선을 즐기는 것이 여인의 본성이라지만 모든 여인이 그런 것은 아닐 것이다. 철혈구로에서 겪은 그녀는 외모에서 행복을 찾는 부류가 아니었다.

"여기 끝났어요."

그녀가 서류를 내밀었다.

"벌써?"

"네."

"잠시 확인할 때까지 기다리게."

적호가 대충 훑어보니 틀린 곳이 없었다. 적호가 입맛을 다셨다. 적당히 천천히 하지, 일을 순식간에 해치운 것이다. 원체 똑똑하고 딱 부러지는 그녀였다.

"고맙네."

“그럼 전 가보겠습니다.”

그때였다. 웅성거리던 실내가 갑자기 조용해졌다.

적호와 소운이 무슨 일인가 싶어 밖을 살피려는데 누군가 불쑥 그들이 앉은 그곳으로 고개를 들이밀었다.

놀랍게도 그는 백무성이었다.

적호가 벌떡 자리에서 일어났다.

“자네, 바쁜가?”

“아닙니다.”

“그럼 나와 함께 가주겠나?”

“물론입니다.”

돌아서 나가려던 백무성이 힐끔 소운을 쳐다보았다.

“자네도 같이.”

백무성이 먼저 밖으로 나갔다.

영문을 모르는 얼굴로 두 사람이 백무성의 뒤를 따랐다.

백무성이 두 사람을 데려간 곳은 놀랍게도 주방이었다.

대공자의 처소에 딸린 주방은 규모가 백미관에 비해 전혀 손색이 없었다.

그곳은 텅 비어 있었는데, 조리대 위에 각종 재료들이 가득 쌓여 있었다.

“이곳으로 데려와서 놀랐지?”

“아닙니다. 한데 왜 저희를?”

백무성의 대답은 의외였다.

"자네들도 알다시피 내가 조만간 혼례식을 올리지 않나?"

혼례란 말에 소운이 흠칫 놀랐다.

그녀가 설마하는 마음으로 침을 꿀꺽 삼켰다.

"혼례식을 올리기 전에, 그녀를 위해 내 손으로 요리를 해주고 싶었네. 한데 아는 게 있어야지. 그래서 자네들을 불렀네. 우리 숙수들이 때마침 자리를 비웠네. 공 숙수는 아무래도 바쁠 것 같으니, 자네들이 도와주었으면 하네."

전혀 설득력없는 이유였다. 굳이 공 숙수가 아니더라도 그의 한마디면 실력 좋은 숙수들이 수십 명 달려올 것이다. 그리고 혼인을 할 여인에게 요리를 해주겠다는 것 또한 믿을 수 없었다.

자신을 부른 것까진 이해가 되었다.

한데 그녀는 왜 함께 부른 것일까? 과연 우연일까?

적호는 소운의 반응이 걱정되었다.

소운이 조심스럽게 물었다.

"혹시 대공자이십니까?"

혼례를 앞두었다는 말에 혹시나 하는 마음으로 물은 것이다.

백무성이 고개를 끄덕였다.

"그렇네."

쿵!

그녀의 심장이 덜컥 내려앉았다. 아주 잠깐 시간이 멎는 느낌을 받았다.

눈앞의 사내가 바로 그렇게 보고 싶었던 아버지였다.

생각보다 젊어 보였고, 생각보다 잘생겼다. 언젠가 보겠지,

마음의 준비를 단단히 했음에도 다리가 후들거리고 심장이 두 근거렸다. 이렇게 빨리 아버지를 보게 될 줄 몰랐던 것이다.

"만나뵙게 돼서 영광입니다."

그녀의 목소리가 떨렸다.

백무성이 가만히 그녀를 응시했다.

그녀를 부른 것은 반은 우연이고, 반은 의지였다.

백미관을 나오면서 언뜻 본 그녀의 모습이 잊혀지지 않았다. 마치 낙인이 찍힌 것처럼 그녀가 자꾸 생각났다. 이런 느낌은 처음이었다.

단지 그녀가 아름다워서였을까? 그것만은 아니었다. 뭔지 모를, 가슴이 묵직해져 오는 뭔가가 있었다.

어색한 침묵을 깨며 적호가 힘차게 말했다.

"부족한 실력이지만 저희가 성심껏 돕겠습니다."

백무성이 활짝 웃었다.

"고맙군, 고마워."

그렇게 백무성이 본격적으로 요리를 시작했다.

부족한 실력이란 말은 정말이었다. 적호의 요리 실력이라곤 야생동물을 즉석해서 요리하는, 그래서 어떻게 하면 태우지 않고 골고루 익힐 수 있을지에 대한 것이 거의 전부였다.

그에 비해 소운은 뜻밖의 실력을 지니고 있었다.

"이거, 국물 맛이 끝내주는군."

소운이 만들어낸 국물을 맛본 백무성이 감탄을 연발했다. 거기에 적호가 공감했다. 자신이 먹어봐도 정말 맛있었던 것이다.

"중요한 것은 양념의 배합이에요."

"자네는 어디서 이런 것을 배웠나?"

"돌아가신 어머니께서 가르쳐 주셨습니다."

어머니에 대해서 묻고, 돌아가셨다는 말에 미안해하고. 그 과정을 생략하기 위해 그녀는 어머니가 돌아가셨다는 이야기를 먼저 꺼냈다.

"그랬군."

백무성은 더 이상 그에 대해 묻지 않았다.

소운의 손이 잠시 멈췄다.

엄마의 얼굴이 떠올랐다. 눈앞의 대공자와 한때 사랑했던 사이란 것이 실감이 가지 않았다.

탁탁탁탁!

다시 소운의 도마질이 계속되었고 백무성이 화제를 돌렸다.

"그럼 이건 어떻게 요리하나?"

"그건 재료가 아니에요. 재료를 싸온 연잎이에요."

"하하, 그렇군."

소운은 지금 이 순간, 자신의 모습을 스스로 대견하게 생각했다. 생각보다 아주 잘해내고 있었다. 눈물이 날 것 같은 마음도 잘 추스르고, 만나면 묻고 싶었던 그 수많은 물음도 잘 참아내고 있었다.

자신이 생각했던 아버지는, 권위적이고 딱딱한 사람이었다. 그래서 마음 놓고 미워하고 대들 수 있을 것 같은.

하지만 아버진 평범한 느낌이었다. 대공자라는 그 어마어마

한 신분을 생각하면 더욱더.

그런 그가 환하게 웃고 있었다.

"하하하하. 이봐, 진충. 여기 와서 이것 맛 좀 보게. 내가 만든 거네."

먼발치에서 진충이 그 모습을 지켜보고 있었다.

대공자가 웃고 있었다. 근래 저렇게 밝게 웃었던 적이 있을까 싶을 정도로 그는 환하게 웃고 있었다. 자식을 죽인 사내 앞에서 저런 웃음을 짓는 것이 가능할까 싶을 정도로.

진충은 그 모습에서 묘한 이질감을 느꼈다.

그 이질감이 진충에게 주는 느낌은 하나였다.

그것은 바로 위험이었다.

반 시진 후, 그곳에는 백무성과 진충만이 남았다.

작은 의자에 앉아 술잔을 기울이는 백무성을 보며 진충이 물었다.

"아가씨 드리려고 만드신 것 아닙니까?"

이미 음식은 다 식어버렸다. 백무성은 그 앞에 멍하니 앉아 그 요리를 안주 삼아 술을 마시고 있었다. 애초에 신영영에게 줄 요리가 아닌 듯 보였다.

물론 진충은 애초부터 그녀를 위해 만든 것이 아니란 것을 안다. 물어본 것은 고약한 심술이자 소극적인 불충이다.

백무성은 못 들은 양 멍하게 앉아 있었다.

그는 정말 딴생각에 빠져 있었다.

그의 머릿속을 채운 것은 적호가 아니었다.

놀랍게도 바로 소운이었다. 홀린 듯 그녀가 끌렸다. 정말이지 첫눈에 반하기라도 한 것일까? 태어나서 이런 이상한 기분은 처음이었다.

그리고 그것이 백무성에게 충격으로 다가왔다.

지금 상황에서 여자라니?

그것도 자신 나이의 반도 안 될 어린 여자에게. 비록 정략혼인이지만 혼례까지 앞두고 있는 마당에. 용납할 수 없었다. 그런 감정을 지닌다는 것 자체가 혼란스럽고 자존심이 상했다.

백무성은 지금 이 순간, 진충에게 이 감정을 들키지 않으려고 애썼다. 이 상념이 적호 때문이라고 생각해 주길 바랐다.

"두 분 어르신을 뵐 시간입니다."

진충의 말에 백무성이 나직이 대답했다.

"연기시키게."

"알겠습니다."

평소에 없던 일이었다.

문을 열고 나서며 진충은 자신이 망설였던 일을 실행해야 할 때가 되었다고 생각했다.

第二十五章
사곤

절대
강호

더럽고 냄새나는 골목길을 죽립을 깊이 눌러쓴 진충이 걸어
가고 있었다.

술에 취해 쓰러진 사내 옆에서 비쩍 마른 개 한 마리가 짖어
댔다. 그 뒤로 인상 사나운 사내들이 벽에 기댄 채 킬킬거리고
있었다.

보통 사람이라면 무서워서 들어서기 싫은 그런 골목길을 진
충이 말없이 걸었다.

파락호 사내들이 힐끗 진충을 쳐다보았다. 깊이 눌러쓴 죽
립에, 허리에 찬 검, 그리고 거침없는 발걸음에 그들은 감히 시
비를 걸지 못했다.

골목 끝 작은 문 앞에 사내 하나가 서 있었다. 차림새는 앞

서의 파락호들과 다르지 않았지만, 사내의 기도는 완전히 달랐다. 강호인, 그것도 고수였다.

진충을 본 사내가 말없이 철문을 열어주었다.

진충이 철문 안으로 들어섰다. 좁은 복도를 한창 걸어가니 또 다른 문이 있었다. 그곳에도 사내 하나가 서 있었는데, 앞서의 사내처럼 그도 고수였다.

이번 역시 사내는 말없이 문을 열어주었다.

안으로 들어서자 함성이 들려왔다.

"와아아아!"

그곳은 지하 비무장이었다.

쇠창살로 막힌 비무장 안에서 두 사내가 혈투를 벌이고 있었다.

구경꾼들이 함성을 내지르며 자신이 돈을 건 사내를 응원하고 있었다. 피 튀기는 싸움은 절정에 이르렀고, 장내는 함성과 욕설로 옆 사람의 말소리도 들리지 않을 정도였다.

잠시 비무장을 쳐다보던 진충이 다시 발걸음을 옮겼다.

이층으로 향하는 계단 입구를 막고 있던 사내 둘이 비켜섰다.

진충이 그곳으로 올라갔다.

일층 비무장이 훤히 내려다보이는 그곳에 그가 있었다.

깔끔한 인상의 그는 언뜻 보면 장사꾼 같았고, 다시 보면 피도 눈물도 없는 성격의 무인 같기도 했다.

"오랜만이오."

인사를 건네온 사내의 이름은 사곤(司昆).

보다시피 지하 비무장을 운영하며 살아가는 사내였다.

하지만 그것은 그의 위장 신분이었고, 진짜 신분은 살수였다.

사곤은 자신이 살수로 불리는 것을 극도로 싫어했다. 그는 스스로를 강호의 해결사로 불리길 원했다. 하지만 그는 살수였고, 그것도 아주 잔혹하고 흉악한 살수였다. 돈이라면 아이도, 여자도 가차없이 목을 베는 그런 자였다.

"일이 있네."

진충은 지금까지 그에게 몇 가지 일을 맡겼다. 신군맹의 대공자를 모시는 자신이 살수를 만날 일이 있을까 싶겠지만, 의외로 살수를 마주해야 할 순간은 많았다.

후계 다툼을 떠나, 대공자의 위치쯤 되면 공식적으로 처리할 수 없는 일들이 반드시 있었다. 분명 죽여야 할 자인데, 직접 손을 쓸 수 없는 자들.

진충은 그런 자들의 제거를 사곤에게 맡겼다. 사곤은 단 한 번도 실망을 안긴 적이 없었다. 그 대상에는 절정고수들도 포함되어 있었다. 그럼에도 이 삼류 파락호 두목 같은 사곤은 어김없이 청부를 완수했다. 실력 하나만큼은 제대로였다.

진충이 그에게 봉투를 하나 건넸다.

봉투 속의 전표를 확인한 사곤이 크게 놀랐다. 자그마치 오천 냥짜리 전표였다. 역대 청부 중 가장 큰 액수였다. 사곤의 눈빛이 강렬하게 발했다.

“대체 누구기에?”

보통 한 사람을 죽이는 대가는 이삼백 냥이었다. 그것도 작은 액수가 아니었다.

“그 액수만큼 실력을 지닌 자네.”

사실 진충은 그 액수보다 몇 배는 더 지불해야 한다고 생각했다. 돈이 있었다면 이만 냥, 아니, 삼만 냥도 쓸 수 있었다.

하지만 현재 진충이 몰래 자금을 운용할 수 있는 액수가 오천 냥이 한계였다. 그 액수도 조만간 걸리겠지만 일이 끝날 때까지는 버틸 수 있었다. 더 비싼 대상이란 사실을 눈치채면, 사곤은 어떻게든 돈을 더 받아내려 하거나 청부를 거절할 것이다.

사곤이 전표와 함께 든 종이를 읽었다.

“백미관주, 진호? 대체 뭐하는 자요?”

“객점 주인이지.”

“농담 마시고.”

“비밀조직의 무인이네.”

“비밀조직이라.”

사곤이 눈을 가늘게 떴다.

“애써 키워놓고 왜 죽이시려고?”

“사냥이 끝났거든.”

“후후후. 기한은?”

“빠를수록 좋네.”

사곤은 더 이상 묻지 않았다.

“오천 냥이라.”

거절하기 힘든 액수였다. 근래 큰 청부가 들어오지 않아, 몇 십 냥짜리도 애들을 내보내고 있는 처지였다. 지하 비무장 역시 여기저기서 돈 뜯어가는 놈들이 많아 큰 재미를 못 보고 있었다.

진충은 말없이 그를 응시하고 있었다.

사실 적호를 제거하기 위해 사곤을 쓰는 것은 최선의 판단은 아니었다.

하지만 움직일 만한 고수가 마땅치 않았다. 만에 하나 실패하더라도, 가장 부담이 없는 이들이 바로 이들이었다.

사곤은 입이 무겁고 신용이 있었다. 실력은 절정을 넘어섰고, 형제들이라 불리는 그 수하들 역시 일류에서 절정에 이르는 자들이었다. 완벽한 함정을 만들어 기습한다면 적호 역시 이들을 상대해 낼 수 없을 것이다.

대공자는 사곤의 존재를 알지 못했다. 언제나 사곤을 상대해 온 것은 진충이었다.

진충은 사곤이 자신을 신군맹 고위관료의 칼잡이쯤으로 알고 있다고 생각했다. 한 번도 그들에게 자신의 진짜 정체를 드러낸 적이 없었다. 얼굴 역시 죽립을 쓰고 거래를 했다.

“좋소, 받아들이겠소.”

“조건이 있네.”

“뭐요?”

“자네 형제들을 모두 동원해야 하네. 자네가 펼칠 수 있는 최고의 함정을 파야 하네. 절대 방심해선 안 되네.”

사곤이 피식 웃었다.

“대체 어떤 놈이기에 이렇게 긴장을 하셨을까?”

사곤은 여유가 있었다. 아무리 고수라도, 자신의 목표가 된 이상 죽은 목숨이었다.

암살은 무공 실력으로 하는 것이 아니다.

암살은 암살 실력으로 하는 것이다.

그 실력에 있어서 자신들은 최고라 자부할 수 있었다.

“조직에서 최고의 실력을 지닌 자네.”

“온 강호에 최고란 말이 넘쳐 나고 있지요.”

진충이 인상을 굳혔고, 사곤이 웃으며 농담을 무마했다.

“알겠소. 그리하겠소.”

진충은 사곤의 거의 모든 것을 정확히 파악하고 있었지만, 단 하나 모르는 것이 있었다.

사곤은 자신의 정체를 정확히 알고 있다는 것을. 진충이 생각하는 것보다 사곤은 훨씬 더 조심스런 자였다. 어쨌든 사곤은 자신이 그에 대해 알고 있다는 것을 들키지 않으려고 애썼다. 자신이 정체를 안다는 것을 알아차리면, 진충은 어떻게든 자신을 제거하려 할 것이기 때문이었다.

“만전을 기울이게.”

진충이 다시 한 번 강조했다.

그러자 사곤이 봉투를 한 번 흔들었다. 걱정 말라는 뜻이었다.

　진충이 돌아서 나왔다. 구불구불한 골목길을 돌아 나오다 문득 진충이 고개를 들어 하늘을 올려다보았다.

　지금까지 살면서 하늘을 우러러 한 점 부끄럼 없는 삶을 살진 않았다. 대공자를 보좌하면서 여러 정적들을 제거해 왔다. 하지만 한 번도 후회한 적은 없었다.

　그런데 이번에는 확신이 서지 않았다. 분명 명분은 있었다. 하지만 그건 자신만의 명분이었다.

　진충이 죽립을 눌러쓰며 나직이 말했다.

　"미안하네, 적호. 저승에서 자네를 만나게 되면 그때 용서를 빌겠네."

＊　　　＊　　　＊

　그날 밤, 어둠 속에 삼십여 명의 사내가 이제는 텅 빈 투견장으로 모여들었다.

　하나같이 눈빛이 사납고 흉흉한 이들이었다.

　팔에 뱀문신을 한 사내가 얼굴에 길게 칼자국이 난 사내를 보며 말했다.

　"너 이 새끼! 또 여자 덮쳤지?"

　칼자국사내는 청부 대상의 여인을 겁탈하기를 즐겨 했다. 어떤 때는 죽인 상대의 집을 일부러 찾아가는 경우도 있었다.

　"덤이야, 덤."

　옆에 있던 덩치 사내가 칼자국을 보며 말했다.

"더러운 새끼! 확 잘라 버릴까 보다?"

말은 그러했지만 얼굴은 웃고 있었다. 주위의 사내들도 마찬가지였다. 아무도 그에 대해 뭐라 하는 사람이 없었다. 추잡스런 말들이 삼류 파락호 저리 가라 할 정도였는데, 그들의 기도는 일류였다. 작은 규모의 살수집단에 간다면, 그들 하나하나가 최고 대우를 받을 그런 실력자들이었다.

"그런데 대형은 왜 우릴 다 소집했지?"

뱀문신의 말에 칼자국이 나직이 말했다.

"흐흐흐. 좆나게 재미난 일이라도 생긴 모양이지."

뱀문신이 비릿하게 웃었다.

"또 나면 큰일 나지. 넌 하나만 해도 충분히 개새끼인데."

"이 새끼가!"

다들 웃음을 터뜨렸다.

그때였다. 그곳으로 사곤이 들어왔다. 잔혹한 놈들이 삼십여 명이나 모였지만 사곤은 그들 모두를 압도하는 기도를 지니고 있었다. 앞서 진충을 대할 때와는 또 다른 모습이었다.

뱀문신이 빠르게 물었다.

"대체 무슨 일이기에 우릴 다 부르신 거요?"

사곤이 그들을 돌아보며 나직이 말했다.

"아주 비싼 의뢰가 들어왔다."

"얼마나 비싸기에 그러시오?"

"오천 냥."

모두들 눈이 휘둥그레졌다. 사곤은 수하들에게 거짓말을 하

지 않았다. 살인, 협박, 겁탈, 세상의 모든 악에 물든 수하들이
었다. 나쁜 놈들일수록 거짓말을 잘 파악해 낸다는 것을 사곤
은 경험으로 알고 있었다.

그가 수하들을 대하는 방식은 솔직히 다 털어놓고, 챙길 것
보란 듯이 챙기는 것이다. 물론 수하들도 두둑이 챙겨줬다.

성공하면 오천 냥 중 반은 자신이 먹고, 반은 애들에게 풀
작정이었다. 어차피 돈 모으는 놈 찾아보기 힘드니, 작은 기루
하나를 통째로 빌려주면 좋아할 것이다.

"신군맹주 목이라도 걸린 거요?"

사곤이 피식 웃었다.

"미친 새끼. 고작 오천 냥에?"

"그럼 누굽니까?"

"신군맹 비밀조직의 칼잡이 중 하나다."

"비밀조직? 어이쿠! 무서워라!"

뱀문신이 엄살을 피웠다. 모두들 낄낄 웃었다.

사곤이 인상을 굳혔다.

"의뢰자가 바보냐? 오천 냥을 그냥 주게?"

"세상에 눈먼 돈이 얼마나 많은 줄 아시잖습니까? 특히 신
군맹과 관련되었다면 십중팔구 더러운 돈이겠지요."

모두들 공감한다는 표정으로 웃었다.

"쉬운 상대가 아냐."

"어려워 봤자죠. 그래서 뭡니까? 우리 모두 다 나가란 말씀
입니까?"

덩치가 불만스런 표정을 지었다.

"새꺄. 나도 직접 나간다."

"형님도요?"

"계약이 그렇게 잡혔다. 청부자가 중요한 고객이야. 그러니 잔말 말아. 후딱 해치우고 거하게 회식이나 하자."

모두들 흐뭇한 미소를 지었다.

사곤이 다시 경고했다.

"어쨌든 조심해. 함께라고 방심했다간 그냥 뒈진다."

"그럼요, 비밀조직인데."

뱀문신의 대답에 다들 웃음이 터져 나왔다.

결국 사곤도 웃고 말았다. 모두가 다 모여 있으니 겁이 나려야 날 수가 없었다.

"언제 땁니까?"

사곤이 나직이 대답했다.

"신군맹에서 기어나오는 바로 그때."

*　　*　　*

적호와 소운이 저잣거리를 걷고 있었다.

일전에 무인이 먹고 싶다던 전복요리를 해주기 위해 두 사람이 재료를 사러 직접 나선 것이다.

원래는 신군맹의 모든 주방을 관할하는 미각원에서 모든 식재료를 보내왔다. 각각의 주방에서 미리 식단을 만들어 제출

하면 그쪽에서 식재료를 보내주는 방식인 것이다.

하지만 이렇게 특별식을 만들려면 직접 재료를 사야 했다.

홍매랑은 적호가 정말 전복요리를 해주려는 것에 내심 놀랐다. 그날 그 말도 그냥 웃자고 하는 말이라 생각했다. 한데 정말 적호는 자신이 한 약속을 지키려 했다. 볼수록 매력이 더해가는 적호였는데, 정말 동생이라도 있으며 소개해 주고 싶은 마음이 들었다.

공숙이 거래하는 곳에서 물건을 가져가라고 기별이 왔고, 적호와 소운이 그것을 찾으러 가는 중이었다. 한창 바쁜 시간이어서 다른 사람이 갈 여유가 없었다. 백미관에 없어도 좋을 두 사람이 찾으러 가게 된 것이다.

지나가던 사람들이 모두 다 소운을 힐끔거리며 쳐다보았다. 장터 거리에서 오다가다 볼 수 있는 얼굴이 아니었다.

적호가 살면서 본 여인들 중에서 그녀와 미를 견줄 만한 여인은 한 명뿐이었다. 바로 서현이를 남겨두고 떠나간 그녀였다.

"일은 어때?"

"할 만해요."

육체적으로 힘든 일은 없었다. 내공을 익힌 무인이었다. 백미관 일쯤은 아무 문제가 없었다.

"저기 여쭤볼 것이 있어요."

"해보게."

"대공자께서 혼인하신다는 그분은 어떤 분이시죠?"

"검천의 천금이시란 것 빼고는, 나도 잘 모르네."

"그렇군요."

소운이 혼자 고개를 끄덕거렸다. 그녀가 얼마나 가슴앓이를 하고 있을지 알 수 있었다.

정말이지 속 시원히 그녀에게 모든 것을 다 말해주고 싶다. 그녀가 어떤 처지인지, 그래서 닥쳐올 위험이 어떤 것인지. 다 잊고 달아나라고 말해주고 싶었다. 그녀를 탈출시켜 주고 싶었다. 하지만 그럴 수 없었다. …그럴 수 없다.

그러는 사이 두 사람이 해산물 가게에 도착했다. 그쪽에서 미리 준비해 둔 물건을 받아 들고 돌아오는데 객잔 앞을 지나던 적호가 불쑥 말했다.

"한잔하고 가지."

"그럴까요?"

순순히 동의의 의사를 밝혔지만, 소운은 내심 긴장했다.

술자리라면 지금의 소운은 자라 보고 놀란 가슴이다. 믿고 있었던 철혈대로의 그 일도 그녀에게는 큰 상처가 되었다.

그런데 또 이번에 관주가 술에 취해 수작이라도 부린다면.

정말 상상하기도 싫은 일이었다.

더 이상 묻지 않고 적호가 객잔으로 들어갔다.

소운이 그 뒤를 따랐다. 만약 그런 일이 벌어진다면, 강하게 대처할 것이다. 마음만 먹으면 백미관의 관주 따윈 혼내줄 수 있었다. 하지만 그렇게 되면 상처는 더욱 깊어질 것이다.

물론 그녀의 오해였다.

적호가 객잔으로 들어간 것은 다른 이유가 있었다.

물건을 받아 챙기는 그 순간 뒤통수가 따끔한 느낌을 받았다.

적호는 이 느낌이 무엇인지 잘 안다. 누군가 자신을 감시하고 있는 것이다.

아주 미약한 느낌이었다. 만약 시전 거리를 그냥 걷고 있었다면 알아차리지 못했을 정도로 상대의 실력은 대단했다.

소운과 있는 한 당연히 감시자가 있을 수 있었다. 삼공녀 측에서 소운에게 붙인 사람일 수도 있었다. 혹은 대공자 측에서 자신에게 붙인 사람일 수도 있었다.

그런데 느낌이 좋지 않았다. 뭔가 호의적이지 않은 느낌이었다.

적호는 그것이 자신을 향한 것인지, 소운을 향한 것인지를 알아내기 위해 집중했다.

그것을 알아내기 전에 그녀를 혼자 돌려보낼 수 없었던 것이다.

한적한 곳으로 가면 상대는 반드시 이쪽에서 눈치를 챈 것을 눈치채고 미행을 포기할 것이다.

적호가 입구를 등지고 앉았다. 상대의 긴장을 풀기 위함이었다. 보통 미행이 있는 줄 알면 입구 쪽을 향해 앉게 마련이다.

따라붙던 느낌이 잠시 사라졌다. 따라 들어오지 않은 것이다. 분명 문밖에서 자신이 입구를 등지고 앉는 것을 보았을 텐데도.

'조심스런 자군.'

느낌상 상당한 고수였다, 감시나 하고 다니기에는 아까울 정도로. 게다가 아주 조심스러웠다.

이런 부류를 적호는 알고 있었다.

'살수!'

적호가 술과 안주를 시켰다.

그런 사정을 모르는 소운은 내심 긴장한 채 적호의 눈치만 살폈다.

"제게 하실 말씀이라도 있으신가요?"

"그런 것 아니네. 그저 한잔 생각이 났을 뿐이네."

적호가 그녀를 보며 사람 좋은 웃음을 지었다.

그녀와 객잔에서 술을 마신 것이 벌써 두 번째다. 지난번, 그날에는 하마터면 그녀를 죽일 뻔했다. 이제는 그와 반대되는 입장이었다, 그녀를 보호해 줘야 하는.

적호를 보며 소운은 자신이 과민반응을 하고 있을지도 모른다는 생각이 들었다.

"저도 한 잔 주세요."

적호가 그녀의 잔을 채워주었다.

소운은 마음이 울적하면 객점에 가서 혼자 술을 마시곤 했다. 사악련을 탈출한 이후, 술은 일절 입에 대지 않았다. 긴장하고 있었기 때문이었다.

"한 잔 더 주세요."

적호가 묵묵히 그녀의 잔을 채워주었다.

그녀에 대해 자꾸만 마음이 쓰이는 것은, 그녀가 아름다워서가 아니었다.

　바로 대공자의 딸이기 때문이다. 그녀를 보고 있으면 자꾸 서현이가 떠올랐다.

　적호도 마음 편히 술을 마셨다. 몇 잔 정도는 내력으로 주기를 뽑아내지 않아도 될 양이었다.

　그렇게 술을 마시기 시작하고 이각쯤 지나자, 다시 느낌이 왔다. 상대가 객잔 안으로 들어왔다는 것을 본능적으로 느낀 것이다.

　적호는 입구 쪽에 시선을 돌리지 않았다. 상대가 조심하는 만큼 자신은 더 조심하는 것이다.

　적호가 술을 따르고 술병을 비웠다. 마침 점소이가 지나갔다.

　"이보게."

　점소이를 부르며 적호가 슥 고개를 돌렸다. 일부러 점소이가 지나가는 순간에 맞춰 술병을 비운 것이다.

　입구 쪽 근처에 있던 십여 명의 손님이 적호의 눈에 들어왔다. 상대가 전혀 의식하지 못할 자연스런 시선이었다.

　그 짧은 순간, 한 사내가 적호의 눈에 들어왔다.

　'저놈이다!'

　놀랍게도 사내는 자신 쪽에서 등을 돌린 채 앉아 있었다. 보통의 감시자라면 절대 택하지 않을 방법이었다. 감시에 있어 상당한 고수의 방식.

　"여기 술 한 병 더 주게."

　"네, 알겠습니다."

　적호의 고개가 원래대로 돌아갔다.

곧바로 점소이가 술을 가져왔다.

한 잔씩 나눠 마시고는 적호가 자리에서 일어났다.

"소피 좀 보고 오겠네."

뒤채로 걸어나가는 적호의 손바닥에 작은 비수가 한 자루 쥐어져 있었다.

소운에게 수작을 부리면 곧바로 날리려는 것이었다.

하지만 놈은 꼼짝도 하지 않았다. 적호는 확신했다.

'목표가 나구나.'

뒷간으로 통하는 벽에 재빨리 표시를 남겼다. 비선과 연락을 취할 수 있는 방법은 주로 객잔을 통해서 이뤄졌는데, 이 객잔 역시 미리 정해진 곳 중 하나였다.

적호가 다시 제자리로 돌아왔다. 자신이 목표란 것을 알자, 오히려 마음이 편해졌다.

술잔을 들며 소운이 물었다.

"여쭤볼 말이 있어요."

"뭔데?"

"대공자님에 대해 잘 알고 계시나요?"

적호가 고개를 내저었다.

"그러시군요."

"왜 묻지?"

"일전에 우릴 데려가셨잖아요. 두 분이 친해서 우릴 데려간 것이라 생각했어요."

소운이 자신의 잔을 만지작거렸다.

"나도 그분에 대해선 잘 몰라."

"관주님은 가족이 있으신가요?"

"아니."

"그러시군요. 아, 괜히 쓸데없는 것을 여쭸죠?"

"괜찮아. 일부러 가정을 가지지 않은 거니까."

"어떠세요? 혼자 사시는 것?"

"자유로움만 생각하면 최고지. 하지만……."

"하지만요?"

"삶의 질을 생각하면 엉망이지."

소운이 미소를 지었다.

"자유를 만끽하려면 혼자 살고, 삶의 질을 높이려면 가정을 가지란 말씀이시군요."

"그런 셈이지. 하하."

적호가 헛웃음을 지었다. 사실 가족에 대해 자신이 무슨 말을 할 자격이 있을까란 생각이 들었다.

"왜? 돌아가신 어머니가 보고 싶나?"

소운이 순순히 고개를 끄덕였다.

그리고 아버지도 보고 싶었다. 차라리 만났을 때 실망했어야 했는데, 아버지에 대한 인상이 너무 좋았다. 저런 아버지가 있으면 좋겠다는 생각이 들었으니까. 아버지가 권력자여서가 아니었다. 그냥 그런 느낌이었다.

잠시 그녀를 쳐다보던 적호가 나직이 말했다.

"홍 총관이 기다릴 거야. 먼저 돌아가."

“관주님은요?”

“난 잠시 볼일이 있어.”

“알겠습니다.”

소운이 상자를 들고 밖으로 나갔다.

적호의 다른 손에도 비수가 들려 있었다. 하지만 사내는 소운을 공격하지 않았다. 또 다른 감시가 그녀에게 따라붙지도 않았다. 목표는 확실히 자신이었다.

혼자 앉은 적호가 다시 술잔을 비웠다.

몇 잔의 술을 더 마신 적호가 자리에서 일어나서 입구 쪽으로 돌아섰다.

그때 객잔 밖으로 나가는 감시하던 사내의 뒷모습이 보였다. 한발 먼저 사내가 밖으로 나간 것이다. 정말이지 눈치 하난 기가 막히게 빠른 자였다.

적호가 입구 쪽으로 걸어갔다.

적호가 입구에 도착했을 그때였다.

스윽.

푹!

입구 바로 옆에 앉아 있던 사내가 일어서려다 그대로 자리에 앉았다. 그리고는 술에 취한 듯 조용히 탁자에 엎드렸다.

그것이 주위 사람들의 눈에 비친 그의 행동이었다.

뚝뚝.

엎드린 그의 가슴에 비수가 박혀 있었고, 피가 흘러내렸다.

적호가 옆을 지나가던 그 순간, 그는 벼락처럼 빠르게 비수로 적호를 찔렀다.

하지만 그보다 더 빠르게 적호가 그의 손목을 낚아챘다. 그리고 손목을 꺾어 그의 가슴에 비수를 박아 넣고 그 자리에 주저앉힌 것이다. 서로 간에 너무나 빨리 공수를 교환해 그 모습을 제대로 본 사람이 없었던 것이다.

적호가 재빨리 밖으로 나갔다.

저 멀리 사내의 뒷모습이 보였다. 그가 갑자기 돌아보았고, 그 순간 그와 눈이 마주쳤다. 적호는 일부러 그의 시선을 피하지 않았다.

사내가 재빨리 몸을 돌려 사람들 속으로 섞여들었다. 자신이 눈치를 챘다는 것을 알아차린 것이다.

적호가 그 뒤를 따르기 시작했다.

시전 거리에는 사람들이 북적대고 있었다. 사내도, 적호도 아직까지 달리지 않고 있었다.

그때 마주 다가오던 사내 하나의 입에서 휙 하는 소리가 들렸다.

고개를 까닥하며 날아든 것을 피한 적호의 손이 허공을 그었다.

쉭!

서격.

적호를 스쳐 몇 발짝 걸어가던 사내가 그대로 꼬꾸라졌다. 사내의 목에서 흥건한 피가 흘러나오기 시작했다.

마주 오던 사내가 갑자기 입에서 독침을 날렸고 적호가 고

개를 피해 재빨리 피한 것이다. 그리고 비수로 그의 목을 그은
것이다.

"아아악! 사람이 죽었다!"

"살인이다!"

한발 늦게 뒤에서 소란이 일었다.

적호는 뒤도 돌아보지 않고 앞만 보고 걸었다.

달아나던 사내가 재빠르게 골목길로 방향을 틀었다.

적호가 달리기 시작했다.

적호가 골목길을 돌아서는 순간, 눈앞이 번쩍했다.

쉭!

시퍼런 검날이 날아든 것이다.

휘리릭.

적호의 신형이 기이하게 흔들렸다.

공격한 사내의 품으로 안겨든 적호의 손이 사내의 겨드랑이
를 스쳤다.

다음 순간.

휘이익.

사내의 신형이 허공에서 한 바퀴 회전한 후, 바닥으로 추락
했다.

이미 사내의 목은 꺾여 있었다.

적호가 다시 달리기 시작했다.

저 멀리 골목 끝에 앉아 있던 거지가 적호의 눈에 들어왔다.
거지가 있을 장소가 아니란 생각이 드는 동시에.

쉬잉!

적호의 손에서 비수가 날았다.

벌떡 일어서려던 거지가 그대로 목에 비수가 박힌 채 뒤로 쓰러졌다.

"아!"

적호가 빠르게 골목길을 돌았다. 적막한 골목길, 사내의 종적이 묘연했다.

적호가 천천히 걸음을 옮겼다.

골목길 끝에 커다란 창고 건물이 있었다.

놈이 그곳으로 들어갔다는 것을 직감으로 알 수 있었다. 일부러 이곳으로 자신을 유인해 왔을지도 모른다는 생각이 들었다.

끼이익.

적호가 창고 문을 열었다.

창고는 엄청나게 컸는데, 사방 곳곳에 쌀가마와 나무 상자 등 온갖 물건들이 가득 쌓여 있었다.

적호가 천천히 창고 안으로 들어섰다.

사방에서 수십 개의 은밀한 기운이 느껴졌다.

그리고 창고 가장자리에 사내가 서 있었다.

그는 더 이상 달아나려 하지 않았다. 마치 이곳까지 일부러 유인해 왔다는 듯.

적호가 그와 십여 장 떨어진 곳에 멈춰 섰다.

스르륵.

기둥 뒤와 짐 사이사이에서 병장기를 든 사내들이 모습을 드러냈다.

그 숫자가 무려 삼십여 명이었다.

적호가 주위를 둘러보았다. 뿜어져 나오는 살기가 예사롭지 않았다. 한두 번 사람을 죽여본 자들이 아니었다.

쫓겨온 사내는 바로 사곤이었다.

아직까지 단 한 번도 자신의 감시를 눈치챈 상대는 없었다. 그리고 오늘 그 기록이 깨졌다.

물론 결과적으로 완전 실패라 할 순 없었다. 앞서의 암살이 실패하면 이곳으로 유인해 합공으로 해치우려고 판을 짰으니까.

사곤은 여유가 있었다.

자신과 수하 전원이 동원된 자리였다. 신군맹의 진충조차도 자신을 함부로 대하지 못했다. 자신과 수하들이라면 신군맹의 무력 집단 하나쯤은 통째로 상대할 수 있는 힘을 지니고 있었다.

"넌 우리가 겁나지 않나 보군."

사곤은 상대가 자신보다 훨씬 더 여유롭다는 사실에 내심 긴장했다.

"날 죽여주는 대가로 얼마 받았나?"

적호의 물음에 사곤이 피식 웃었다.

원래라면 대답하지 않았을 것이다. 하지만 상대는 충분히 대답해 줄 가치가 있었다.

"오천 냥."

"그게 내 목숨 값인가?"

"처음에는 많이 받았다고 생각했는데. 지금 널 보니까 너무

적게 받은 것 같군."

앞서 연속된 암살 시도는 일류고수라도 막기 힘든 것이었다.

그런데 상대는 그 모두를 보란 듯이 해치우고, 이곳까지 따라붙은 것이다.

"정말이지, 넌 특이하군."

그냥 고수라고 하기에는 뭔가 이질감이 들었다. 지금까지 사곤이 봐온 고수들의 느낌은 이렇지 않았다. 그들의 기도가 부드럽든, 강맹하든 뭔가 공통점이 있었다. 깔끔하게 정돈된 느낌이랄까?

사곤은 오히려 그 느낌을 좋아했다. 사곤의 입장에서 그것은 상대의 약점이었다. 깨끗한 방일수록 어지르는 재미가 있는 법.

하지만 적호는 달랐다.

뿌연 안개 같으면서도 뭔가 또렷하고 만만해 보이면서도 함부로 하기 힘든, 뭔가 말로 표현할 수 없는 느낌이었다.

아무것도 없는 빈방에 들어선 기분.

어지르고 싶어도 어지를 수가 없는 느낌.

바로 그때였다.

쿠르르르릉.

창고의 문이 닫혔다. 철컹. 밖에서 잠기는 소리가 들렸다.

긴장이 조금 풀린 사곤이 사악하게 웃었다.

"지옥문이 닫히는 소리다."

사내들이 한마디씩 던졌다.

"일단 눈깔부터 뽑고 시작하시죠."

“팔다리 잘라내고 개 먹이로 던져 버리죠.”

“예쁜 계집도 하나 있었다던데, 어서 해치우고 그년 잡아와 요리하죠?”

“크헤헤헤. 큰 형님 다음은 제비뽑기다.”

“빌어먹을! 네놈 다음이라면 퉤퉤, 사양이다.”

온갖 흉악한 말에, 음담패설이 쏟아져 나왔다. 그들의 진심이자 상대의 평정심을 흔드는 기술이었다.

물론 적호는 코웃음조차 치지 않았다.

그때 사내 하나가 불쑥 말했다.

“그런데 저 문, 누가 닫은 거지?”

“뭐?”

“우리 애들은 여기 다 있습니다.”

“무슨 헛소리야?”

사곤이 서둘러 주위를 돌아보았다. 사내의 말처럼, 앞서 죽은 자들을 빼곤 모두 그곳에 있었다.

“그럼 대체 누가 문을 닫은 거야?”

그들이 서로를 돌아보았다. 지금까지 자신들 중 누군가 문을 잠갔다고 생각하고 있었다. 놈을 유인해 함정에 빠뜨렸으니 당연한 생각이었다.

문을 닫은 사람은 연이었다.

복면을 쓴 그녀는 창고 문에 기댄 채 하늘을 올려다보고 있었다.

적호는 문을 닫은 것이 연이란 것을 알았다.

그녀가 도착한 이상, 이제 더 시간을 끌 필요가 없었다.

"피차 돈을 받고 사람을 죽이는 처지니 너희를 죽이는 것을 미안해하지 않겠다."

어이없다는 표정으로 사곤이 물었다.

"넌 대체 누구지?"

쉬잉.

대답 대신 적호가 검을 뽑아 들었다.

징—!

내력이 들어가자 참혼이 길게 울며 예기를 뿜어내기 시작했다.

"그 질문은 둘만 남았을 때, 다시 묻기로 하지."

"뭐?"

사곤이 깜짝 놀라는 순간.

적호가 바닥을 박차며 몸을 날렸다.

쉬익!

적호의 신형이 벼락처럼 허공을 가로질렀다.

푸아악!

적호의 검이 우측에 서 있던 사내의 목을 관통했다.

쉬잉!

그 옆 사내가 검을 찔러왔다.

적호가 한 바퀴 회전하며 검을 피했다. 허리를 스치는 검을 따라, 적호의 검이 흐르듯 스쳤다.

쉬이잉!

촤아악!

순식간에 날아든 검이 사내의 가슴을 갈랐다. 사내가 비명조차 지르지 못하고 쓰러졌다.

파파파파팍!

적호가 서 있던 자리로 비수가 쏟아졌다.

하지만 이미 적호의 신형은 정면으로 날아들고 있었다.

꽈직.

검을 휘둘러 막으려던 사내의 얼굴이 움푹 함몰되었다. 팔꿈치로 사내의 얼굴을 찍은 적호가 그대로 사내의 가슴을 박차 오르며 날아올랐다.

휘리리리릭!

적호의 몸이 바람개비처럼 회전했다.

"피해라!"

고함을 지른 것은 반대쪽에 있던 사내들이었다. 마치 회오리바람이 마을을 휩쓸 듯 무섭게 회전하며 적호가 사내들을 덮쳤다.

검을 마주한 사내들은 그 경고를 받아들이지도 못했다.

푸아악!

적호 주위에 있던 네 명의 사내가 동시에 몸이 갈라지며 쓰러졌다.

순식간에 일곱 명이 싸늘한 시체가 된 것이다.

멈춰 선 적호의 검에서 피가 뚝뚝 흘러내렸다.

산전수전 다 겪은 사내들이었지만, 이 모습에 모두들 기가 질렸다. 순식간에 움찔 놀라 뒤로 한 발 물러섰다.

"으으으!"

푸욱.

비명을 흘리며 뒷걸음질치던 사내의 몸으로 검이 튀어나왔다.

사내가 힘겹게 몸을 돌리자 그의 뒤에 사곤이 인상을 쓰며 서 있었다.

"내 발 밟았다."

파파팍!

검을 뽑자 사내가 그대로 쓰러졌다.

사곤이 겁에 질린 수하들에게 소리쳤다.

"새꺄, 보고도 몰라? 뒤로 물러선다고 살겠어?"

그는 싸움의 방식을 알았고, 기세를 알았다. 사기가 꺾인 순간, 모두 죽는다는 것도 알았다. 더 이상 겁을 먹으면 끝장이었다.

사곤이 사악하게 눈을 찢으며 말했다.

"저 새끼 모가지 따는 놈에게 오천 냥 통째로 준다!"

쉬이이익!

사방에서 검이 날았다.

비명 소리와 악다구니가 들려오던 창고 안이 조용해졌다.

연이 문을 열고 안으로 들어섰다.

어둑한 그곳에는 피가 흥건했고 사방에 깔린 것은 시체들이었다. 끔찍한 광경이 펼쳐져 있었지만, 연은 침착했다.

열, 스물, 서른, 시체는 서른 구가 넘었다.

가장 구석에서 비명 소리가 흘러나오고 있었다.

"…다 말했으니까… 제발 이제 죽여줘……."

사곤의 목소리였다.

푸욱!

살이 찢기는 소리가 들려왔다.

곧이어 어둠 속에서 적호가 걸어나왔다.

촤아아아악!

온몸에 피를 뒤집어쓴 적호가 검에 묻은 피를 바닥에 털어냈다.

"왔어?"

적호가 언제나처럼 물었다.

연이 변함없는 표정으로 고개를 끄덕였다.

"배후가 누구죠?"

"진충, 누군지 아나?"

연의 표정이 굳어졌다.

"네. 그는 바로 대공자의 수하예요."

"대공자?"

놀랄 일도 아니었다.

하지만 한 가지 이해가 되지 않는 점이 있었다. 이렇게 자신을 암살할 작정이었다면 내당으로 왜 불러들였냐는 것이었다.

대공자의 얼굴이 떠올랐다. 몇 번의 만남으로 그의 속마음 모두를 알진 못하겠지만 적어도 이런 살수를 동원해서 자신을 죽이려 들 것 같진 않았다.

“진충은 어떤 자지?”

“그는 대공자의 오른팔이라 할 만한 자예요.”

“충성심이 깊겠군.”

“네. 대공자가 가장 신임하는 수하 중 하나예요.”

“어쩌면…….”

진충이 단독으로 저지른 일일지도 모른다는 생각이 들었다.

연이 주위를 돌아보며 말했다.

“이곳은 제가 정리하죠.”

“미안해. 상대가 상대다 보니 어쩔 수 없었어.”

“그런 말씀 마세요.”

적호가 의미없는 살인을 하지 않는다는 것은 누구보다도 연이 잘 안다.

적호가 미안한 표정으로 말했다.

“부탁 하나 더 하지.”

“뭐죠?”

“내당의 지도를 구해줘, 되도록 최신 것으로.”

연이 긴장한 표정을 지었다.

“그건 왜요?”

연은 말없이 자신을 쳐다보는 적호의 눈빛에서 그 위험천만한 의도를 읽어냈다.

“설마? 아니시겠죠?”

연은 순간, 적호가 대공자를 암살하려는 줄 알았다.

하지만 이내 그것이 적호의 방식이 아니란 것을 깨달았다.

적호가 담담히 말했다.

"연, 대공자든 삼공녀든 그들을 죽일 순 없어. 그랬다간 신군맹이 발칵 뒤집힐 테고, 그땐 걷잡을 수 없을 테니까."

그건 실력의 문제가 아니었다. 그건 바로 정치의 문제였다.

두 사람이 권력 싸움이 아닌 외부 세력에 의해 죽는 순간, 신군맹 전체가 움직이게 될 것이다.

만약 서현이가 없다 하더라도, 마지막 선택에 있을 일이었다.

하지만 서현이가 있는 한, 그건 애초부터 적호의 선택사항에 없었다.

"그들이 무슨 생각을 하고 있는지 알아봐야겠어."

"하지만 너무 위험해요."

사악련 본단을 누비고 다닌 적호였지만, 삼공녀 거처에 잠입하는 것과는 차원이 다른 문제였다. 가장 큰 차이는 사악련에 침입했다가 실패했을 때는 돌아올 곳이 있지만, 삼공녀 거처에 잠입했다가 실패하면 돌아갈 곳이 없었다.

"대공자 주위에는 절정고수들이 즐비해요."

"그렇겠지. 하지만 걱정 마, 목표는 대공자가 아니라 진충이니까. 그자가 무슨 수를 꾸미는지 알아야겠어."

적호는 이미 마음을 굳힌 상태였다.

"연, 이대로 끌려갈 수는 없어."

연이 가볍게 한숨을 내쉬었다. 그의 말처럼 수동적으로 끌려가는 것은 위험했다. 언제나 그랬듯 뒤에서 그를 지원하고 지켜주어야 한다.

“알겠습니다. 최대한 빨리 구하겠습니다.”

“고마워.”

적호가 먼저 그곳을 나왔다.

대공자, 출세를 위해 자식까지 버린 비정한 사내. 그에 대한 감정이 좋을 수 없지만, 그렇다고 직접 나서서 그 비정함을 응징하고 싶은 마음은 없다. 그의 가치관이고 그의 삶이다. 지금은 자신의 삶을 지켜 나가는 것만 해도 힘들다.

하지만! 만약 당신이 나를… 그저 사냥이 끝난 사냥개 취급을 하는 거라면.

적호가 걸음을 옮기며 혼잣말처럼 속삭였다.

“당신은… 큰 실수를 하는 거야.”

第二十六章
내당잠입

절대
강호

“적호, 그 친구 느낌이 나쁘지 않더군.”

옷을 차려입던 백무성이 동경 속에 비치는 진충에게 말했다.

백무성이 동의를 구한다는 것을 알았지만, 진충은 아무 대답도 하지 않았다.

힐끗 진충을 쳐다본 후 백무성이 담담히 말을 이었다.

“성격도 괜찮아 보이고, 강단도 있어 뵈고.”

그러자 진충이 불쑥 말했다.

“그래서 수하로 삼기라도 하실 겁니까?”

질문에 짜증과 분노가 담겨 있었다.

백무성이 손짓으로 옷을 입혀주던 시비들을 물렸다.

동경 속의 진충을 바라보며 백무성이 말했다.

"자네, 여전히 화가 나 있군."

"아닙니다."

화가 났다기보다는 걱정스러웠다. 그리고 초조했다. 연락이 와야 할 사곤에게서는 여전히 감감무소식이었다.

그에 비해 백무성은 진충에게 고마워하고 있었다. 누군가는 이렇게 적호를 미워해 주는 사람이 있어야 했다.

그래야 자신의 용서가 균형을 맞출 수 있을 테니까.

물론 백무성은 진충이 단순한 미움보다 훨씬 더 멀리 가버렸다는 것을 알지 못했다.

잠시 침묵이 흘렀다. 백무성이 다시 동경을 보며 옷매무새를 갖추었다.

문득 소운의 얼굴이 떠올랐다. 자꾸 그녀가 생각났다. 동경 속 백무성의 표정이 다시 굳어졌다.

그때 밖에서 수하의 보고와 함께 기다렸던 사람들이 들어섰다.

바로 권사(拳師) 이양현(李楊賢)과 회회검(回回劍) 적염자(赤染子)가 그들이었다. 그들은 이선(二仙)과 더불어 대공자를 따르는 네 명의 초절정고수들이었다. 얼마 전, 백무성이 약속을 취소했던 두 사람이 바로 이들이었다.

권사 이양현은 한때 두 주먹으로 강북무림을 휩쓸었던 권법의 고수였는데, 대협의 풍모와 대장부의 호탕한 성격을 지닌 인물이었다.

그에 비해 적염자는 성격이 과격하고 자신의 속내를 그대로

드러내는 다혈질의 성격이었다.

"오랜만에 뵙습니다."

두 노고수를 향해 백무성이 정중히 포권했다.

두 사람도 가볍게 예를 차렸다. 그들이 처음 대공자의 휘하에 머물렀을 때만 해도, 백무성은 애송이에 불과했다.

하지만 오늘날에 이르러서는 신군맹의 권력을 물려받을 가능성이 가장 많은 거물로 성장했다.

지금까지는 백무성이 강호의 후배를 자처하고 있지만, 조만간 두 사람은 백무성을 주군의 예로 대할 생각을 하고 있었다.

그 시기는 아주 민감한 문제였는데, 대공자가 후계자가 되기 전이냐 후냐가 중요했다. 너무 일찍 주인으로 모셨다가 삼공녀가 후계자가 되면 대공자와 함께 숙청당하게 될 것이다. 반대로 그 시기가 너무 늦어지게 되면 실권을 잡은 대공자에게 찬밥 신세가 될 것이다.

"마침 연하고 질 좋은 고기를 구했기에 두 분을 모셨습니다."

시간에 맞춰 시비들이 요리를 들고 들어섰다. 한옆에 산해진미가 차려졌다.

"공연히 두 분의 귀한 시간만 뺏은 것이 아닌지 걱정입니다."

"하하하, 그럴 리가 있나. 할 일 없는 늙은이들을 이렇게 불러주니 고맙네."

세 사람이 자리에 앉았다.

진충은 멀찍이 떨어진 곳에 서 있었다. 원체 백무성의 수족인지라, 두 노인은 그를 조금도 신경 쓰지 않았다.

　원래라면 이선까지 네 노고수를 함께 불렀어야 했는데, 오늘 따로 자리를 마련한 것은 적염자가 그들과 사이가 좋지 못했기 때문이었다. 예전 사석에서 이선과 적염자가 크게 싸운 적이 있었다.

　바로 한 가지 소문 때문이었다. 적염자의 과거에 대한 것이었는데 신군맹의 고수라면 한 번쯤은 모두 들어봤을 그런 소문이었다.

　적염자가 젊은 시절, 자신의 사부와 사형을 살해한 패악을 저질렀다는 소문이었다. 괴한에게 사문이 습격당하면서 홀로 살아남은 것이 적염자였다.

　대부분의 사람들은 그저 황당한 소문으로 흘리고 말았는데, 술에 취한 이선이 그 일을 꺼내 물은 것이다.

　그 과정에서 하마터면 칼부림까지 날 뻔했다. 이후 이선과 적염자는 견원지간이 되었고, 같은 자리에 나서지 않았다.

　오늘 적염자와 이양현만 따로 부른 것도 그 때문이었다.

　백무성이 공손히 두 사람에게 술을 따랐다.

　"한창 혼인 준비로 바쁘겠네."

　"마음만 바쁠 뿐입니다. 제가 하는 일은 없습니다."

　"하하, 그런가?"

　편하게 대화하는 이양현에 비해 적염자는 묵묵히 술잔만 기울였다.

　백무성이 적염자의 눈치를 살폈다.

　"적 사부께서는 제 혼인이 마음에 들지 않으시는 겁니까?"

놀랍게도 적염자가 묵묵히 고개를 끄덕였다.

백무성이 웃으며 물었다.

"무슨 일로 그러신지 하명해 주시지요."

적염자가 망설이지 않고 대답했다.

"자네가 검천주의 사위가 되면 우린 닭 쫓던 개가 되겠지."

"허허, 이 사람, 무슨 말을 그렇게 하나?"

옆에 있던 이양현이 당황했다.

평소에도 자신의 속마음을 잘 표현하는 그였다. 하지만 오늘 이 자리는 대공자와의 자리였다. 지킬 것은 지켜야 할 자리였다.

백무성이 미소를 지으며 대답했다.

"제가 그럴 리가 있겠습니까?"

"자네가 그러지 않는다 해도, 자연스럽게 그렇게 될 것이네."

"왜 그렇게 생각하시는지 이유를 여쭤도 되겠습니까?"

일단 한 잔 마시자며 적염자가 술잔을 들었다. 세 사람이 잔을 비웠다.

"검천주는 야망이 큰 사람일세."

검천주가 언급되자 그를 말리려던 이양현도 입을 다물었다. 적염자가 무슨 이야기를 하려는지 알 것 같았다. 사실 자신도 조금은 걱정하던 부분이었다.

"그는 우릴 그냥 두지 않을 것이네."

"그럴 리가 있겠습니까?"

"확실히 그럴 것이네. 그는 자네가 검천에 흡수되길 바랄 것이야. 그렇게 하기 위해서 눈엣가시가 되는 것이 바로 우리 네 늙은이이지."

그 말은 확실히 일리가 있었다.

검천주에 비해 비록 실력에 손색이 있다고는 하지만, 네 노고수의 실력은 검천주가 함부로 볼 것이 아니었다. 게다가 백무성을 제 뜻대로 다루는 데 분명 방해가 될 사람들이었다.

잠시 침묵이 흘렀다.

백무성이 미소를 지으며 말했다.

"그럼 어쩌면 좋겠습니까?"

그 말을 인정한다는 의미의 물음이었다.

"내자를 얻어 가정을 이루겠다는데 우리 늙은이가 말릴 수는 없는 일이지."

그러면서 안주로 나온 꼬치를 들었다.

"검천의 검에 이 꼴이 되지 않기를 빌어야겠지."

"그럴 일은 없을 겁니다."

이번에는 이양현이 물었다.

"어찌 그리 확신하는가? 적 노사의 말이 비록 과하긴 해도 완전 틀린 말은 아닌 듯한데."

"본래 뒷간과 처가는 멀리 있을수록 좋다지 않습니까? 그 말을 철저히 지킬 생각입니다."

그러자 적염자가 불쑥 말했다.

"그랬다간 자넨 안팎으로 시달려야 할 것이네."

밖은 주화인이고, 안은 검천주란 뜻이었다.

백무성은 그저 사람 좋은 웃음만 지을 뿐이었다.

분명한 것은 적염자의 말처럼 흘러가지 않을 것이란 점이었다. 그들이 모르는 한 가지가 있었다.

바로 신영영이었다. 그녀는 그저 내조만 할 성격이 아니었다.

달리 말하면 그녀만 제대로 다루면 전혀 새로운 상황이 펼쳐질 것이란 점이었다. 검천을 견제하는 것은 자신이 아니라 아내 신영영이 될 것이다. 자신이 그렇게 되도록 만들 것이다.

한옆에서 술자리를 지켜보고 있던 진충에게 전음이 날아들었다.

[급보입니다.]

진충이 조용히 방에서 나왔다.

복도 끝에서 진충이 신임하는 수하가 기다리고 있었다. 그와 함께 복도를 걸어 밖으로 나왔다. 아무도 없는 곳에 이르러서야 진충이 물었다.

"어떻게 되었나?"

"사곤에게서 소식이 끊어졌습니다."

"뭣이? 자세히 고하라."

사내가 빠르게 보고했다.

"사곤 일당 몇이 시전 거리에서 시체로 발견되었습니다. 그리고 나머지는 모두 실종되었습니다."

"모두라니?"

"사곤을 비롯해 모두입니다."

"그들 모두가 당했다는 말인가?"

"그런 것 같습니다."

진충이 침을 꿀꺽 삼켰다. 물론 쉽지 않은 일이라 생각했다. 하지만 그들이 모두 당하리라곤 생각지 못했다.

"설마?"

"확실합니다. 흔적도 없이 지워 버리는 것, 귀병들의 방식입니다."

사내가 걱정스럽게 덧붙였다.

"대공자님께서도 조만간 알게 되실 겁니다."

이미 공금을 불법으로 운용했고, 대공자에게 보고되는 모든 정보를 자신이 차단할 수는 없다.

자신과는 다른 경로로 보고되는 정보들이 있었다. 자신이 아무리 대공자의 신임을 받더라도 그것까지 막을 수는 없었다.

더구나 문제는 그것만이 아니었다.

"적호가 배후에 우리가 있다는 것을 알았을까?"

"사곤은 입이 무거운 자입니다. 죽을지언정 결코 누설하진 않았을 거라 생각되지만… 상대가 상대인만큼 장담할 수 없습니다. 이렇게 된 이상 최대한 빨리 놈을 죽여야 합니다."

진충의 표정이 어두워졌다.

"대체 누굴 보내야 한단 말이냐?"

　　　　　*　　　　　*　　　　　*

　같은 시각, 적호의 숙소에서도 은밀한 대화가 오가고 있었
다.

　"부탁한 것 여기 있어요."

　연이 한 장의 지도를 내밀었다.

　"생각보다 빨리 구했군. 수고했어."

　적호가 그것을 탁자에 펼쳤다.

　"지도의 정확성은?"

　"가장 최근 것입니다."

　과연 적호가 통과해 본 제일관문의 수비 병력이 정확히 기
재되어 있었다.

　연이 빠르게 설명했다.

　"제이관문 지역의 동쪽 끝에 대공자의 처소가, 서쪽 끝에 삼
공녀의 처소가 있습니다. 제이관문의 수비 병력도 문제지만
침입한 후도 문젭니다. 허드렛일을 하는 자조차 조심해야 할
곳이 그곳입니다. 외당과는 비교할 수 없을 정도로 많은 고수
들이 북적댈 겁니다."

　"여기 이곳은?"

　"제삼관문입니다. 맹주님의 처소로 향하는 관문이지요. 절
대 침입불가입니다. 적호님이라 할지라도요."

　적호가 희미하게 웃었다. 연이 이렇게까지 말할 정도면 그
경계의 엄중함은 이루 말할 수 없을 정도일 것이다. 물론 그곳

까지 갈 일은 없다. 제이관문만 통과하면 된다.

제이관문의 수비 병력은 서른 명이었다.

"관문을 통하지 않고는 절대 비밀리에 잠입할 수 없습니다."

"흐음."

그것은 사악련도 마찬가지였다. 양측 모두 돌파는 할 수 있으되, 비밀리에 잠입할 수는 없도록 설계되어 있었다.

"이관문을 지키는 무인들의 수준은?"

"절정고수 하나에 일류고수 다섯, 나머지는 이류고수들입니다."

"삼엄하군."

그 정도 수준이면 은밀히 잠입하는 것은 절대 불가능했다.

적호가 가만히 설계도면을 내려다보았다. 어떻게든 틈을 찾다 보면, 비집고 들어갈 공간을 찾아낼 수 있다.

"여긴 어디지?"

"다원이에요."

"차를 마시는 곳?"

"네. 최근에 만들어진 곳이에요. 내당 무인들이 쉬어갈 수 있도록 만든 곳인데, 주로 여인들이 찾는 곳으로 알고 있어요."

"다원이라."

적호의 눈빛이 가늘어졌다.

연은 전에도 적호의 이런 눈빛을 본 적이 있었다. 바로 철혈

대로의 처소에 들어가긴 전, 그가 보여준 눈빛이었다. 그때와
마찬가지 말이 흘러나왔다.

"어쩌면… 시도해 볼 만한 방법이 있어."

＊　　　＊　　　＊

다음날 새벽, 백미관의 뒤채로 식재료들이 도착했다.

식재료를 관리하는 미각원(味覺園)에서는 외부에서 들어온
재료들을 선별해서 각각 필요한 곳에 배분하는데, 백미관에
재료를 가져오는 담당자는 허승(許承)이었다. 그는 백미관을
비롯해 내당의 또 다른 세 군데 주방에 식재료를 대고 있었다.

뒤채에 들어서 물건을 내리는 그에게 적호가 인사를 건넸
다.

"이른 새벽부터 수고가 많으시오."

"내 할 일이니 수고랄 것도 없소만, 한데 뉘시오?"

"새로온 관주 진호요."

적호의 소개에 허승이 깜짝 놀랐다.

"그러시군요. 인사드리겠소, 허승이라 하오."

나이는 허승이 많았지만 직책은 관주인 적호가 더 높았다.

원래라면 아주 정중히 인사를 했어야 했는데 허승은 그런
예를 생략했다.

거기에는 나름의 이유가 있었는데 일단은 미각원 소속에 대
한 자부심 때문이었다. 미각원은 신군맹의 모든 음식을 관장

하는 곳이었다. 그곳에서 일하는 이들은 자부심이 대단했다.

한마디로 자신들에게 밉보이면 신선한 식재료는 영원히 안녕인 것이다. 그들이 가장 싫어하는 것이 자신들을 그저 식재료나 나르는 인부로 취급하는 일이었다.

둘째는 일종의 기싸움이기도 했다.

오랜 조직 생활을 통해 그가 느낀 것이 있다면, 일로 사람을 만날 때 처음부터 굽히고 들어가면 끝까지 굽혀야 한다는 점이었다. 초반 기싸움에서 이기면 끝까지 편하다는 것이 그의 지론이었다.

그런 허승의 마음을 아는지 모르는지 적호는 사람 좋은 미소로 그를 대했다.

"새벽바람이 찹니다. 잠시 들어가셔서 몸이라도 녹이시지요."

"그럽시다."

시간도 남고 해서 허승이 적호를 따라 안으로 들어왔다.

적호가 직접 차를 내왔다.

허승이 물었다.

"새로 오셨다는 소식은 들었소. 어디서 있다 오셨소?"

"외지에 나가 있었지요."

"그럼 축하할 일이구려. 축하드리오."

모두들 신군맹 본단으로 들어오려고 애를 썼다. 그중에서도 내당에 들어가는 것이 꿈인 사람들이 많았으니, 분명 축하할 만한 일이었다.

“고맙소이다.”

허승은 적호가 그리 깐깐한 사람이 아니란 것을 알아차렸
다.

나쁘지 않은 일이었다. 자신이 아무리 미각원 소속이라 해
도, 상대가 깐깐하게 굴며 식재료에 대해 이런저런 트집을 잡
기 시작하면 피차 피곤해지게 마련이다. 좋은 게 좋은 거라고,
친하게 지내서 나쁠 것이 없다.

차를 권하며 적호가 넌지시 말했다.

“앞으로도 잘 부탁드리오.”

“그럽지요.”

상대가 이렇게 저자세로 나와주니 허승은 기분이 좋았다.

“한데 왜 그리 빤히 쳐다보시오.”

“콧등이 산의 등성이처럼 완만하고 귓불은 두툼하고 눈초
리는 맑고 상처가 없으니 아주 복이 많은 상이십니다.”

“아하! 관상도 볼 줄 아시오?”

“소싯적에 잠시 배운 잡기지요.”

허승이 싱글벙글 더욱 기분이 좋아졌다.

그러면서도 적호가 그의 얼굴을 빤히 쳐다보았다.

잠시 이야기를 나누고는 허승이 자리에서 일어났다.

“아쉽지만 이만 가봐야겠소.”

“그러시지요.”

허승이 떠나자 멀찌감치 못 본 척하고 있던 홍매가 다가왔
다.

“저치에게 어째 그리 친절하십니까?”

“왜? 친절하면 아니 되는가?”

“그건 아닙니다만.”

“본관의 평판이 저 사람이 가져오는 재료에 달렸으니 당연히 친절해야겠지.”

“너무 잘해주면 기어오르려 들 텐데요.”

“그러라고 하게. 등에 타서 춤밖에 더 추겠나.”

홍매가 못 말린다는 표정으로 고개를 내저었다. 주방에서 고개를 내밀고 있던 공숙이 피식 웃으며 주렴 안으로 사라졌다.

머칠간 적호는 이른 새벽에 허승을 맞이했다.

허승은 자신을 친근하게 대하는 적호에 대한 호감이 커져갔다. 사람의 마음이란 자신에게 한마디라도 좋은 말을 해주는 사람에게 정이 가게 마련이다.

관주랍시고 목에 힘주고 입만 열면 잘난 척하던 전임에 비해 적호는 아주 겸손하고 성격 좋은 사람이었다.

“관주께선 보기보다 참으로 부지런하시오.”

첫날에 나와서 인사했을 때는 인사치레로 하루 날 잡았구나 생각했는데, 적호는 꾸준히 새벽에 자신을 맞았다. 정말이지 쉬운 일이 아니었다.

“보기는 어때서요?”

“새벽 댓바람 맞으며 부지런 떨 사람처럼은 안 보인다는 말입니다.”

“칭찬이시죠?”

“당연히 칭찬이지요. 꼭두새벽부터 눈 비비고 일어나는데 어찌 고단한 삶이 아니겠소?”

“하하. 생각하기 나름이지요. 모두들 잘 때 이 신선한 새벽 공기 맡는 것도 그리 나쁜 삶은 아니지 않소?”

“해몽이 좋소이다. 하하하.”

며칠 사이 부쩍 가까워진 두 사람이었다.

자신을 응시하는 적호를 보며 허승이 싱긋 웃었다. 여전히 자신을 빤히 쳐다보는 적호였다. 관상에 조예가 있다니 거기서 기인한 버릇이란 생각이 들었다. 어쨌든 나쁜 관상이 아니라니, 꼬나보든 째려보든 별반 신경 쓰지 않았다.

아예 오늘은 직접 나서서 짐까지 내려주고 있었다.

“이렇게 몇 군데나 도시오?”

“모두 다섯 군데지요.”

“힘드시겠소.”

“뭐 이제 이골이 나서요.”

수레 한옆에서 적호가 뭔가를 발견하곤 냄새를 맡았다.

“이건 혹시 철관음(鐵觀音)이 아니오?”

“맞소. 어떻게 아셨소?”

“소싯적에 차 장사를 한 적이 있지요.”

“그러시군요.”

“내당 다원으로 들어가는 참니까?”

"맞소. 작은 규모로 운영되지만 제공되는 차는 최상급의 차
들이지요."

적호가 다시 한 번 차를 들고 향을 맡았다.

"정말 향만으로도 온몸이 녹아드는 것 같군요."

"다음에 내가 한 번 대접해 드리리다."

허승이 수레를 끌고 그곳을 떠났다.

떠나가는 뒷모습을 바라보는 적호의 눈빛이 반짝이고 있었
다.

허승이 식재료의 배달을 모두 마치고 돌아가고 얼마 지나지
않아, 다시 제이관문으로 허겁지겁 모습을 드러냈다.

"무슨 일이오?"

무인의 물음에 허승이 차를 들어 보였다.

"물건이 하나 잘못 배달되었습니다. 내당의 어르신들이 하
급 차를 마시기라도 하면 불벼락이 떨어질 겁니다."

매일같이 보는 그였지만 함부로 통과시킬 순 없었다.

무인 하나가 확인차 내당으로 달려갔다.

잠시 후, 무인이 다시 모습을 드러냈다.

"맞습니다. 다원에 알아보니 차가 잘못 왔다고 합니다."

"주시오. 우리가 전하지요."

"직접 가야겠습니다. 아시잖습니까, 다원에서 일하는 여인
들이 얼마나 깐깐한지. 덜렁 차만 보냈다간 두고두고 절 괴롭
힐 겁니다."

그 말에 무인이 피식 웃었다.

"가보시오."

매일 얼굴을 보는 처지에 더 이상 야박하게 굴지 않았다.

허승이 제이관문을 통과해 안으로 들어갔다.

하지만 허승이 향한 곳은 다원이 아니었다. 그는 허승이 아
니라 적호였다. 적호는 아까 허승의 수레에서 미리 준비해 둔
차로 철관음을 바꿔치기 한 것이다.

그렇게 적호가 내당으로 스며들었다.

"한 번만 도와주십시오."

진충의 말에 적염자는 아무 대답도 하지 않았다.

적염자는 진충이 자신을 찾아오리라곤 꿈에도 예상치 못했
다. 그것도 사람을 죽여달라는 부탁을 하기 위해서.

"자네가 지금 무슨 말을 하고 있는지 알고나 있나?"

"물론입니다."

"그래야 할 것이네. 이 일은 자네를 밑바닥으로 추락시킬 수
도 있는 일이니까."

"각오하고 있습니다."

"물론 백 공자는 이 사실을 모르겠지?"

"그랬다면 직접 부탁하셨겠지요."

"나중에 불호령이 떨어질 것이야."

"불호령요? 틀리셨습니다. 제 목이 떨어질 겁니다. 선배님
역시 큰 곤경을 겪으실 거고요."

적염자가 코웃음을 쳤다. 진충은 거의 막다른 길에 몰린 사람처럼 굴고 있었다.

"재밌군, 재밌어. 그런 일을 이렇게 당당히 부탁한단 말이지?"

"그렇습니다."

"그래서 내게 돌아오는 이득은 뭔가?"

"제가 큰 빚을 지겠지요."

"고작 그건가?"

"네, 고작 그겁니다."

적염자의 눈빛이 가늘어졌다.

"거기에 한 가지쯤 더 있을 수 있을 겁니다."

"그게 뭔가?"

"앞서 말씀하셨지요, 이번 혼례가 이뤄지면 검천주가 네 분 어르신을 내칠 것이라고."

"그랬지."

"아마도 네 분 모두를 내치시진 못할 겁니다."

"……!"

"아무리 검천주라도 공자님의 눈치를 봐야 할 테니까요. 아마 두 분만 축출할 겁니다. 그 정도면 충분하다 생각할 테고. 공자님 역시 받아들이실 겁니다."

적염자가 고개를 끄덕였다. 확실히 그럴듯한 이야기였다.

"그런데?"

"공자님 곁에 남는 두 분 중 한 분이 되실 겁니다. 어쩌면 이선이 퇴출될 가능성이 높겠지요."

"자네에게 그럴 힘이 있을까?"

비웃듯 묻고 있었지만 적염자는 충분히 그럴 것이라 생각했다.

진충은 대공자에게 가장 큰 영향력을 발휘하는 수하였다. 분명 자신이 남을 수 있게끔 손쓸 수 있을 것이다.

게다가 그 밉살스런 이선 놈들을 축출시킬 수 있다면 더할 나위 없이 기쁜 일이었다.

진충에게 이 정도의 빚을 지우는 것은 확실히 나쁘지 않았다. 대공자가 신군맹의 후계자가 되면, 진충은 분명 권력의 가장 핵심이 되는 자리를 차지할 것이다. 미래를 위한 투자로 충분한 일이었다.

"자네가 이렇게까지 무리하는 이유는 뭔가?"

"이유는 말씀드릴 수 없습니다. 다만 놈이 공자님께 위험 인물인 것은 확실합니다."

적염자를 선택한 이유기도 했다. 네 고수 중 다른 세 사람은 이유를 말해주지 않으면 절대 자신의 부탁을 들어주지 않을 것이다.

하지만 적염자는 그들과 다르다. 분명 이득이 된다 생각하면 들어줄 것이다. 이유 따윈 몰라도 살인할 수 있는 인물이었다. 그것이 바로 진충이 평가하는 적염자였다.

"왜 하필 난가?"

"이번 일은 선배가 아니면 안 됩니다."

“부족하네. 더 납득시켜 보게.”

“그는 십이귀병 중에서도 최고의 실력자입니다.”

“십이귀병에 대해 언뜻 들은 바 있네. 하지만 그래 봤자 일개 칼잡이에 불과하지 않나?”

진충이 나직이 말했다.

“그 일개 칼잡이가 이번에 철혈대로의 목을 베고 돌아왔습니다.”

“뭣이? 철혈대로의 목을!”

적염자가 깜짝 놀랐다. 철혈대로의 암살에 대한 작전은 기밀로 봉인되어서 일반 무인들은 알지 못했다.

하지만 어차피 적염자 정도 되는 신분의 고수들은 언젠가는 알게 될 사실이었다.

철혈대로의 죽음을 사악련에서 아무리 감추려 해도, 사악련 내 최고수들이 알 수밖에 없는 것과 마찬가지였다.

“그게 사실인가?”

“이 년 전, 멸천단주를 해치운 것도 그의 작품입니다.”

“크하하하하핫!”

적염자가 크게 웃었다. 이제야 진충이 왜 자신을 끌어들이려 하는지 확실히 이해할 수 있었다.

진충의 측근만 해도, 제법 실력이 있는 자들이 많았다. 굳이 자신을 끌어들이지 않아도 될 정도로. 그래서 내심 의심을 했다, 무슨 불순한 의도가 담겨 있지 않나 하고.

하지만 상대의 실력을 듣고 보니, 모든 것이 이해가 되었다.

그런 상대라면 자신을 고른 것이 옳은 판단이었다.

"제법이군."

"조심하셔야 합니다."

적염자의 눈이 가늘어졌다. 감히 자신에게 그딴 말을 하느냐는 꾸중이 담긴 눈빛이었다.

적염자가 보통의 고수였다면 결코 도발하지 않았을 것이다. 하지만 적염자는 진짜 고수였다. 이미 경지에 오른 고수는 공연한 공명심이나 자존심 때문에 일을 그르치지 않는다. 도발은 그를 조심하게 만들 것이다.

"좋아, 그렇다고 치고. 놈을 어떻게 제거하나?"

"조만간 그에게 제거 작전을 하나 내릴 겁니다. 선배께서는 암살 대상으로 위장해서 놈을 기다렸다가 해치워 주시면 됩니다."

적염자가 묵묵히 고개를 끄덕였다.

"그리고 이번 일은 반드시 비밀을 지켜주셔야 합니다."

그때 적염자가 손을 들었다.

"쉿!"

주위에 침묵이 흘렀다.

굳어진 적염자의 눈빛이 가늘어지더니,

쉭!

그의 검이 쏜살처럼 날아가 천장에 박혔다.

파악!

검자루만 남기고 그대로 검이 천장에 박혔다.

자루로 피가 흘러내리지 않았다. 누군가를 겨냥한 것이라면 빗나갔다는 의미.

다음 순간.

적염자의 손가락이 까닥 움직이는 순간.

쇄아아아아아악!

스스로 움직인 검이 바다를 가르듯 천장을 갈랐다.

후두두둑.

일자로 길게 베인 천장에서 먼지가 흘러내렸다.

여전히 피는 보이지 않았다.

적염자의 행동에 진충은 바짝 긴장했다. 자신이 느끼지 못한 기척이라면, 상대는 적염자의 실력에 버금가는 고수란 말이었다.

스르륵.

검이 허공을 날아 적염자의 손으로 날아들었다.

"어림없다!"

적염자가 방문을 박차고 밖으로 달려나갔다.

진충이 긴장한 얼굴로 그 뒤를 따랐다. 대화 내용의 중요성을 생각할 때, 반드시 놈을 잡아야 했다. 반드시.

*　　　*　　　*

주화인과 신영영이 만난 것은 우연이었다. 내당으로 들어서던 길목에서 두 사람이 딱 마주친 것이다. 먼저 인사를 건넨 쪽은 신영영이었다.

"반가워요, 삼공녀님."

그녀의 태도는 공손했다.

주화인이 미소를 지으며 인사를 받았다.

"오랜만이에요."

두 사람의 관계는 기본적으로 나빴다. 신영영의 입장에서는 지아비가 될 사람의 숙적이 바로 주화인이었다.

주화인의 입장에서도 그다지 좋을 것이 없는 상대였는데, 마주 선 두 사람은 속내를 감춘 채 미소를 지어 보였다.

"더 아름다워지셨네요."

신영영의 찬사에 주화인이 미소를 지으며 말했다.

"오랜만인데 차라도 한잔할까요?"

"그러지요."

두 사람이 다원으로 향했다.

내당의 무인들이 잠시 차를 마시고 쉬어갈 수 있게 만든 그곳은 매우 아름답게 꾸며져 있었다. 다원에서 일하는 이들은 모두 여인들이었다.

"자, 앉으시죠."

두 사람이 마주 보며 앉았다. 곧바로 여인이 차를 내왔다.

"혼례 준비로 바쁘시겠어요? 이제 얼마나 남았죠?"

"두 달쯤 남았네요."

"금방이겠군요. 축하드려요."

"감사해요."

주화인이 가만히 신영영을 응시했다. 신영영은 마주 보지 못하고 시선을 피했다.

엄밀히 따지자면 두 사람은 상하관계가 아니었다. 신군맹주의 후계자 중 한 명이라는 대단한 지위만큼이나 검천주의 장녀란 자리는 가벼운 자리가 아니었다.

하지만 신영영은 마치 수하라도 된 듯 조심스럽고 어려운 태도를 보였다.

"사형은 자주 보나요?"

"가끔요."

"사형이 잘해주나요?"

"네."

"사형은 좋은 남자지요."

주화인의 말에 신영영이 화사하게 웃었다.

"사형이 신 소저와 혼인한다는 소식을 들었을 때, 사실 좀 놀랐어요."

"왜죠?"

"뭐랄까? 사형은 정략혼인과는 거리가 멀다고 생각했었거든요."

정략이란 말에 신영영의 아미가 살짝 찡그려졌다. 좋은 분위기를 유지하다 이렇게 갑자기 노골적으로 그 말을 사용할 줄 몰랐다.

'하긴 어차피 한쪽이 죽어야 끝나는 싸움인데 굳이 적의를 감출 필요는 없겠지.'

신영영이 속내를 감춘 채 화사하게 웃었다.

"정략혼인이 꼭 나쁘지만은 않다고 생각해요. 조건이나 집안을 무시하고 혼인했다가 불행해지는 사람을 여럿 보았으니까요."

주화인이 묵묵히 고개를 끄덕였다.

신영영이 덧붙였다.

"전 대공자님을 존경해요. 사랑만큼이나 그것도 중요하다고 생각한답니다."

자신있게 말을 던졌지만 신영영의 마음은 좋지 않았다. 주화인에게 자꾸 변명을 하는 기분이 든 것이다. 결국 날 선 한마디가 날아갔다.

"삼공녀님은 정략혼인 따윈 하지 않을 자신이 있으신가 봐요?"

말을 던져 놓고 신영영은 후회했다. 좀처럼 속내를 들키지 않으려고 행동하는 자신이었는데, 그 평정심이 깨어진 것이다. 상대가 주화인이라서였다.

좋은 말로 분위기를 풀려는데 주화인이 한발 먼저 말했다.

"자신이 없어요. 그래서 전 하지 않으려고요."

신영영의 표정이 굳었다. 완패였다.

신영영이 애써 미소를 지으며 자리에서 일어났다.

"그만 가봐야 할 것 같네요. 다음에 뵙죠."

"그래요."

주화인이 미소로 그녀를 배웅했다.

신영영이 사라지자 이단심이 모습을 나타냈다.

"신 소저 말입니다. 곰처럼 보이지만 속으론 여우라는 이야기가 들리더군요."

주화인이 가만히 고개를 내저었다.

"아니야."

"네?"

"여우 아니라고."

"무슨 말씀이신지요?"

주화인의 눈빛이 가늘어졌다.

"독사야, 저년."

이단심이 깜짝 놀랐다. 그녀는 자신의 주인이 얼마나 사람 보는 안목이 깊은지 누구보다 잘 알고 있었다.

"어렸을 때, 그녀의 생일에 초대를 받은 적이 있었어. 검천의 장녀니 제법 큰 연회가 열렸었지. 그녀가 기억할지 모르겠지만 당시에 나뿐만 아니라 우리 사형제들도 모두 참석했었지."

당시에는 모두 어렸을 때였다. 미래에 서로가 서로를 죽이는 후계 다툼을 벌일 줄은 상상도 못했던 어린 시절이었다.

"그날 참석한 애들 중에 모두의 시선을 사로잡는 아이가 있었어. 여자인 내가 봐도 감탄할 정도였지."

"아가씨보다 예뻤다고요? 설마요?"

"당시에 나야 선머슴 애처럼 해 다닐 때였으니까. 아무튼 그날 그 아이는 아주 예뻤어. 참석한 남자애들도 다들 관심 집중이었고. 정작 주인공인 그녀는 찬밥 신세였단 말이지."

"그래서 어떻게 되었습니까? 그녀가 해코지라도 한 겁니까?"

"아니, 아무 일도 없었어. 잔치는 무사히 끝났어."

"네? 그런데 왜?"

"사고는 일 년이 지난 후에 났지. 소식을 들었어, 그 여자아이가 변을 당했다는."

"설마? 죽었나요?"

"차라리 죽는 게 나았지. 얼굴에 수십 차례 칼질을 당했어. 호위들도 모두 죽고."

"신 소저 짓인가요?"

주화인이 고개를 끄덕였다.

"그녀는 그 일을 수행한 수하조차 없애 버리는 치밀함을 보였지."

이단심이 놀란 얼굴로 고개를 내저었다. 주화인의 말이 아니었다면 믿기 어려운 말이었다. 알려진 신영영의 모습과는 달라도 너무 다른 모습이었으니까. 하지만 분명한 사실일 것이다. 주화인의 성격상 이런 일을 대충 조사했을 리는 없을 테니까.

주화인의 눈빛이 가늘어졌다.

"무서운 점은 그 일이 있고 일 년이나 지났을 때 일어났다는 점이야. 아무도 그녀를 의심하지 않았지. 아니, 애초에 그녀와 연관지어 생각한 사람도 없었을 거야. 모두 잊어버렸으니까.

그녀는 일 년이나 그 독심을 품고 있었던 거야. 그게 무서운 거지.”

“당시에 신 소저의 나이라면… 아주 어렸지 않습니까?”

주화인이 희미한 미소를 지었다.

“사람이 마귀가 되는 것은 나이 문제가 아니지.”

“괜히 으스스한데요?”

“더 무서운 이야기 해줄까?”

“헉!”

놀란 척 반응했지만 이단심의 눈빛은 호기심으로 가득했다.

“아마도 사형은 이 사실을 알고 있을 거야. 그날 사형도 참석했으니까.”

“설마 그녀의 본색을 알고도 혼인한다는 말씀이십니까?”

“그렇다고 생각해.”

“만약 사실이라면… 정말 무섭군요.”

“잊지 마, 우리가 누굴 상대하고 있는지.”

두 여인이 다원을 나서려던 바로 그때였다.

쉬잉!

이단심이 검을 뽑아 들었다.

“뒤로 물러서십시오!”

그녀가 주화인의 앞을 막아섰다.

쉬이이익!

다음 순간, 누군가 빠르게 그곳으로 날아들었다.

그들은 바로 적염자와 진충이었다.

"멈추시오!"

이단심의 외침에 두 사람이 몇 장 떨어진 곳에 내려섰다.

주화인과 마주치자 두 사람도 당황했다. 숨어 있던 기척을 추적해 이곳까지 달려온 그들이었다. 이곳에서 그녀를 만날 줄은 생각지 못했다.

진충의 표정이 어두워졌다.

'빌어먹을! 어쩌면 그녀의 세작일지도 모르겠구나!'

이단심을 물러나게 한 후, 주화인이 나섰다.

"적 선배님이시군요. 오랜만에 뵙습니다."

"하하, 오랜만이오."

이번에는 주화인이 진충을 쳐다보았다.

"진 무사께서도 잘 지내셨나요."

"삼공녀님을 뵙습니다."

진충이 포권을 하며 정중히 인사했다.

"급한 일이 있어 무례를 저질렀습니다. 부디 용서해 주시기를."

진충의 말에 주화인이 미소로 대답했다.

"용서하고 말 것도 없는 일이지요. 한데 난공불락이라 할 수 있는 이곳에서 대체 무슨 일이기에 두 분께서 이렇게 서두르신 건가요? 혹시 사악련의 세작이라도 색출하셨나요?"

진충은 아무 대답도 하지 못했다.

주화인이 활짝 웃으며 말했다.

"요즘 이렇게 실없는 말을 자주 한답니다. 봄기운에 마음이 싱숭생숭한 탓이라 여기시고 부디 용서해 주세요."

적염자가 포권하며 말했다.

"하하, 용서고 자시고 할 게 없지요. 자, 그럼. 다음에 뵙겠소이다."

두 사람이 그 자리를 떠났다.

멀리 물러난 곳에서 진충이 빠르게 물었다.

"혹시 엿들은 사람이 그녀였습니까?"

물론 그녀였을 리는 절대 없었다. 그녀가 직접 자신들의 영역에 잠입할 리는 없을 테니까. 워낙 공교롭게 만났기에, 또 상대의 무공이 적염자의 공격을 피할 정도라 그런 질문을 한 것이다.

"아니네. 기운은 분명 사내의 것이었네."

"실수입니다. 좀 더 조심했어야 했습니다."

적염자는 아무 말도 하지 않았다. 자신의 숙소에서의 은밀한 대화였다. 자신이 신경을 곤두세우고 있던 자리의 대화였다. 더 어떻게 조심한단 말인가?

"내가 착각한 모양이네."

적염자는 반신반의했다. 쫓을 때는 분명 어떤 실체를 느꼈다. 하지만 경지에 오른 이후, 가끔씩 존재하지 않는 것을 상대할 때가 있다.

가상의 적과 비무를 하는 것이 그 단적인 예였다. 어쩌면 이번에도 어떤 착각이 아니었을까 하는 생각이 들었다. 이렇게 순식간에 놈을 놓쳤다는 것이 믿기지 않았다. 그런 정도의 실력자가 고작 천장이나 타고 다닐 것 같진 않았다.

하지만 진충의 표정은 여전히 어두웠다.

그렇다면 다행이지만, 만약 아니라면?

적염자가 나직이 물었다.

"이제 어떻게 할 작정인가?"

잠시 숙고하던 진충이 번쩍 고개를 들었다.

"한 가지 확인해 볼 것이 있습니다. 일단 함께 가시죠. 말씀은 그 이후에 드리겠습니다."

말이 끝나기가 무섭게 진충이 어디론가 몸을 날렸다. 적염자가 그 뒤를 따랐다.

한편 두 사람이 떠나가자, 이단심이 주화인을 돌아보며 말했다.

"대체 무슨 수작인지 모르겠습니다."

주화인의 표정이 진지해져 있었다.

"적염자는 사형이 지닌 칼 중 가장 난폭한 칼이지. 그가 진충과 어울린다?"

주화인이 스스로 묻고 스스로 답했다.

"뭔가 일을 벌이려고 하는군."

걸어나오려던 주화인이 다시 돌아섰다.

그녀가 다원의 건물 안으로 들어갔다.

"이보게."

여인이 정중히 고개를 숙이며 인사했다.

“네, 공녀님.”

“방금 여기 누가 왔다 갔는가?”

“네. 매일 물건을 대던 허승이란 자가 다녀갔습니다.”

“무슨 일로?”

“차를 잘못 보내와서 바꿔주고 갔습니다.”

“예전에도 그런 적이 있었나?”

“아닙니다. 한데 무슨 일로 그것을 물으시는지요?”

“아니네.”

주화인이 돌아서 나오려다 다시 말했다.

“그 차, 나 좀 줄 수 있겠나?”

“물론입니다.”

여인이 차통을 주화인에게 건넸다.

“고맙네.”

그녀가 차를 얻어 나오자 이단심이 물었다.

“왜 그런 질문을 하셨습니까?”

주화인이 알 듯 말 듯 미소를 지었다.

“답답합니다, 아가씨.”

주화인이 싱긋 웃으며 말했다.

“가서 차나 한 잔 더 하자. 이번에는 기분 좋게 마실 수 있을 것 같군.”

같은 시각, 진충이 백미관에 도착했다.

백미관 건너편 건물에 도착한 그가 백미관 안을 살폈다.

건물 안에 백미관주로 분한 적호가 홍매랑과 이야기를 나누
고 있었다.

진충이 가볍게 한숨을 내쉬었다.

뒤따라온 적염자가 물었다.

"대체 무슨 일인가?"

"순간 숨어 있던 자가 저자일지도 모른다고 생각했습니다.
하지만 아닌 것 같습니다."

"저자가 누군가?"

"저자가 바로 적호입니다."

"저자가?"

"네, 저곳 관주로 위장 중입니다."

깜짝 놀란 적염자의 시선이 적호를 향했다.

"아주 평범해 보이는군."

"그래서 무서운 자입니다."

적염자의 눈빛이 샅샅이 적호를 훑었다. 진충이 보지 못하
는 많은 것을 보는 그였다.

진충의 말처럼 자신의 기도를 완벽히 감출 줄 아는 자였다.

하지만 딱 거기까지였다. 적염자쯤 되는 고수들은 상대를
딱 보면 감이 온다.

대단하긴 해도, 결국 죽일 수 있느냐 없느냐 정도는 정확히
감이 온다.

그리고 지금도 감이 왔다.

죽일 수 있다고.

“그래서? 이제 어찌할 생각인가?”

“계획대로 처리해 주십시오. 대신 서둘러야겠습니다.”

“알겠네.”

적염자가 자신만만하게 대답했다.

하지만 지금 이 순간 적염자는 한 가지 사실을 모르고 있었다.

지금 그 시선을 적호가 의식하고 있는 중이라고. 일부러 적염자가 그렇게 느끼도록 기도를 조정하고 있다는 것을.

적염자의 착각이 아니었다. 두 사람의 대화를 엿들은 사람은 적호가 맞았다. 최대한 기척을 감추었는데, 자신을 죽이려는 결정을 내리는 순간, 아주 짧은 순간 스스로를 다스리지 못했다.

삼공녀와 그들이 마주친 사이, 적호는 다원에서 일하는 여인에게 준비해 간 원래 차를 건네주고 재빨리 돌아온 것이다.

혹시 자신을 찾아올지도 모른다고 예측해서 서둘러 백미관으로 돌아왔다.

과연 진충은 자신을 의심하고 이곳까지 온 것이다.

두 사람의 기척이 멀어지는 것을 느끼고 적호가 내심 안도의 한숨을 내쉬었다.

위험했지만 그럴 만한 가치가 있는 일이었다.

第二十七章
역함정

절대
강호

그날 밤, 연이 다시 적호를 찾아왔다.

적호는 연이 왜 방문했는지 정확하게 짐작하고 있었다.

"임무가 내려왔지?"

"어떻게 아셨습니까?"

"진충이 적염자에게 날 죽이도록 청탁했어."

이미 마음을 다스린 적호는 매우 담담했다. 마치 남의 이야기를 하는 것 같았다.

"적염자라면!"

연이 깜짝 놀랐다. 그녀가 아는 한 적염자는 고수 중의 고수였다. 적호라 하더라도 적염자에게는 상대가 안 된다고 생각했다.

"그는 위험해요. 피해야 해요."

물론 적호의 진짜 실력을 몰라서였다.

"적염자는 어떤 자지?"

"대공자의 네 귀빈 중 일인이죠. 과격하고 다혈질인 성격이지만 절정에 이른 고수예요. 그의 회회검은 한꺼번에 일곱 가닥의 검강을 발출한다고 알려져 있어요. 그리고 특이한 건 그에 대한 한 가지 소문이에요. 그가 사부와 사형을 살해했다는 이야기가 한동안 떠돌았죠. 하지만 사실인지는 확인되지 않았어요."

"우선 명령서부터 보지."

연이 적호에게 명령서를 내밀었다.

"암살 명령이군."

"네. 삼십 리 떨어진 곳이에요."

"암살 대상 대신 적염자가 기다리고 있겠군."

"적호님을 노렸다면, 가장 간단한 방법이지요. 적호님의 시체까지 처리해 버리면 사건은 미궁에 빠질 거예요."

작전을 나간 자신이 행방불명 처리되는 것이다.

그러자 적호가 고개를 내저었다.

"휘각에선 알 거야, 대공자가 손썼다는 것을. 하지만 심증은 가지만 물증이 없겠지. 결국 사건은 묻히게 되겠지. 그리고 새로운 적호가 오겠지."

"적호님."

"젊고 잘생긴 사람이 오면 좋겠군."

"농담하실 때가 아니에요."

그렇다고 이 상황에 울분을 터뜨리고 분노할 필요는 없다. 원래 조직이란 이런 곳이니까. 자신이 하는 일이 곧 비정강호의 가장 좋은 단면을 보여주고 있으니까.

"어떻게 하실 건가요?"

"일단은 명령을 수행해야지."

"안 돼요!"

"다른 방법이 없잖아."

"설령 그를 죽여도 또 다른 고수를 보낼 거예요. 진충은 자신의 뜻을 꺾지 않을 거예요."

"그러기 전에……."

잠시 뜸을 들인 적호가 예상치 못한 말을 꺼냈다.

"일러바쳐야지."

"네?"

장난 같은 대답에 잠시 어리둥절하던 연은 그것이 적호의 진심임을 알아차리고 깜짝 놀랐다. 그리고 곧이어 그 말뜻을 알아차렸다.

"대공자에게 이 사실을 흘려 넣겠다는 말씀이군요."

대공자 모르게 진행되는 일이라면 그 선택은 분명 효과가 있을 것이다.

"혹은 삼공녀에게."

"……!"

적호의 눈빛이 깊어졌다.

"…과연 누구에게 일러야 더 효과적일까?"

*   *   *

"검천주는 재능이 많은 사람이지요."

구검루주 운중하(雲仲河)는 자신의 최고 정적(政敵)이랄 수 있는 신패극에 대해 상당히 높은 평가를 내리고 있었다.

물론 마주 앉은 주화인은 그것이 그의 솔직한 마음이 아니란 것을 잘 알고 있었다.

제이인자는 검천주 신패극 하나였지만, 삼인자를 자처하는 이들은 여럿이었다. 운중하도 그중 하나였다. 물론 그 여럿에 포함된다는 사실이 조금 억울해도 좋을 만큼, 운중하는 대단한 기량을 지닌 사내였다.

운중하는 신패극을 질투했다. 그것도 강렬을 넘어선 맹렬한 질투였다.

구검루는 운중하가 이인자가 되지 못한 것을 맹렬히 질투해도 좋을 만큼 강한 집단임은 틀림없었다.

차분하고 기품있다는 평가를 받는 그였지만, 주화인은 그 질투가 만들어내는 음침한 냄새를 맡을 수 있었다. 그도 자신과 같은 부류였다. 최고가 되고 싶은, 최고가 되지 못하더라도 최고가 되기 위한 싸움을 했다는 평가를 받고 싶은.

주화인이 조용히 자신의 앞에 놓인 차를 마셨다.

그러고 보면 신군맹은 참으로 다양한 군상들이 모여 있었다. 반란이 일어났어도 수십 번은 더 일어났을 것 같은 이들인데도, 아직도 그런 시도는 한 번도 없었다.

사부의 힘이 얼마나 강력한지를, 그의 무위(武威)가 얼마나 위대한지를 주화인은 이들을 만날 때면 항상 느꼈다.

"그렇지만 그는 야망이 너무 크지요."

주화인의 말에 운중하가 미소를 지었다.

그가 기다렸던 말이었다. 차마 체면 때문에 자신의 입으로 꺼내지 못한 말이기도 했다.

그 속을 주화인이 시원하게 긁어주었다.

"게다가 그는 옹졸하고 편협한 인물입니다. 루주님과는 비교조차 할 수 없지요."

운중하가 고개를 내저었다.

"이 늙은이에게 너무 과분한 평가네."

"그렇지 않습니다. 언젠가 모두가 알게 되는 날이 올 겁니다."

운중하가 희미한 미소를 지었다.

그날을 위해 오늘의 자리가 마련되었다.

처음 신영영과 대공자와의 혼약이 알려졌을 때, 운중하는 탄식했었다.

한발 늦었다는 아쉬움이었다. 그때까지 그는 백무성과 주화인을 저울질하고 있었다. 하지만 한발 먼저 신패극이 선택을 하자, 대공자를 선택하지 못한 것이 아쉽게 느껴졌다.

자연스럽게 그는 주화인을 선택했다.

그리고 지금은 그녀를 선택한 것을 후회하지 않았다.

밖에서 소문으로만 듣던 것에 비해, 주화인은 훨씬 뛰어난 인물이었다.

여인이기에… 란 말 따윈 어울리지 않았다. 그만큼 야망이 크고, 그 야망만큼이나 배포와 용기, 일을 진행하는 추진력과 능력이 있었다.

이제 남은 것은 총력전을 벌여 승리하는 것이다.

이 싸움은 승자만 남는 싸움이다. 지는 쪽은 제거되고, 축출되고, 밀려나고… 그렇게 하나둘씩 사라지게 될 것이다. 이 신군맹에서, 그리고 이 강호에서 영원히 사라지게 될 것이다. 그게 죽음이든, 은거든 어떤 의미든지 말이다.

"혼례가 이제 두 달 남짓 남았군."

"그러네요."

"강호가 진동하겠군."

"그렇겠지요."

고개를 끄덕여 수긍하던 주화인이 의미심장하게 덧붙였다.

"하지만 하늘의 인연이 닿지 않으면 혼례식 전날에도 취소가 되기도 하죠."

"그렇지."

운중하의 입꼬리가 살짝 올라갔다.

주화인의 말에 담긴 속뜻은 생각만 해도 신나는 일이었다.

'그래, 그냥 당하고 있지는 않겠지. 암, 그래선 안 되지.'

운중하가 싱긋 웃으며 말했다.

“좋은 혼례 선물이라도 준비했나?”

“그럼요. 하나 남은 사형의 혼례식인데요. 거창한 것으로 준비해 뒀지요.”

주화인이 환하게 웃었다.

이후의 대화는 기분 좋게 흘러갔다.

이윽고 밀담을 마친 그를 배웅하고 돌아서는데, 이단심이 급하게 달려왔다.

심상치 않은 표정에 주화인이 빠르게 물었다.

“무슨 일이냐?”

“그분이 아가씨를 뵙기를 청하고 있습니다.”

주화인의 표정이 진지해졌다.

“누구를? 가화를? 아님 삼공녀를?”

둘 다 자신이었지만, 그렇게 구분해야 했다.

“삼공녀님을요. 어떻게 하시겠습니까?”

주화인이 잠시 고민하더니 이내 마음을 굳혔다.

“그를 만나겠다.”

“괜찮으시겠습니까?”

“혹시 들킬까 봐 걱정되느냐?”

“네.”

주화인이 미소를 지으며 말했다.

“우리 같은 여자는 여러 얼굴을 가지고 있지. 무공이 아무리 높아도 사내는 절대 알아볼 수 없는 얼굴이란다.”

이단심은 그것이 단지 겉모습만 뜻하는 것이 아니란 것을 알 수 있었다.

"그가 찾아온 목적을 짐작하십니까?"

그러자 주화인이 고개를 내저었다.

"그런데 왜 그리 웃으십니까?"

이단심은 주화인의 입가에 맺힌 묘한 미소가 궁금했다.

주화인이 의미심장한 눈빛으로 말했다.

"일전에 마주친 진충과 적염자를 기억하느냐?"

"네."

"그리고 오늘 그가 날 찾아왔다. 그것은 분명 하나의 고리에서 일어난 일이다. 소운을 백미관에 보낸 것이 드디어 효과를 발휘하기 시작한 것이지."

이단심이 알겠다는 표정으로 고개를 끄덕였다.

주화인이 환하게 웃으며 덧붙였다.

"그 말은 곧 사형에게 빈틈이 생기기 시작했다는 말이지."

약속 장소는 앞서 소운을 인계했던 그 장원으로 정해졌다.

그곳으로 적호가 안내되어 들어왔다.

"이곳에서 잠시만 기다려 주세요."

이단심이 나가고 적호는 혼자 남았다.

창밖으로 이제 막 꽃을 피우기 시작한 화원이 보였다.

겨우내 언 땅을 뚫고 올라온 풀과 꽃들이 대견해 보였다. 그 주위로 나비가 날고 있었다.

적호는 어서 여름이 왔으면 좋겠다는 생각이 들었다.

그 뜨거운 여름이 지나면 가을이 올 것이다.

낙엽을 치우다 보면, 눈이 내리겠지.

강호를 하얗게 덮을 함박눈이.

이제 봄이지만 적호는 그 겨울을 간절히 기다린다.

스르륵, 문이 열리며 누군가 들어섰다.

창을 바라보던 적호가 돌아섰다.

들어선 사람은 주화인이었다. 가화의 얼굴이 아닌, 주화인 자신의 모습이었다.

그녀를 바라보는 순간, 적호가 흠칫 놀랐다.

주화인은 아름다웠고 기품이 있었다. 그리고 낯설지 않았다.

적호가 가볍게 고개를 숙이며 인사했다.

"적호입니다."

주화인이 미소를 지으며 정중히 인사를 받았다.

"주화인이에요."

"뵙게 돼서 영광입니다."

"저야말로 영광이에요. 말씀 편하게 하세요."

적호가 다시 한 번 그녀를 응시했다. 왠지 모르게 낯설지 않은 느낌이었다. 하지만 분명 그녀는 처음 본 여인이었다. 이렇게 아름다운 여인을 기억하지 못할 리 없다. 아니, 그녀는 삼공녀였다. 예전의 인연 따위가 있을 리 없다.

그리고 또 하나, 수정해야 할 생각이 있었다.

소운처럼 아름다운 여자는 오직 떠나간 그녀뿐이라고 생각했는데, 오늘 한 명이 추가되었다.

주화인은 소운만큼 아름다웠다. 소운이 멋지게 나이를 먹으면 이렇게 될 것 같았다.

"생각보다 나이가 많으신 것 같네요."

적호는 백미관주의 얼굴이었다. 자신이 얼굴을 변형시켰다는 말을 하지 않았다. 그녀에게 잘 보일 이유도 없고, 필요도 없었기 때문이었다.

그 반응에 주화인이 미소를 지었다. 정말 그답다는 생각이 들었다. 자신 앞에서 조금이라도 잘생겨 보이려고 노력하는 다른 사내들과는 차원이 다르다.

하긴 그랬으니, 그를 이렇게 사랑하는 것이겠지만.

"저를 왜 찾아오셨죠?"

"저를 지켜준다고 하셨다고 들었소."

"네, 그랬지요."

"아직도 변함없으시오?"

"그래요."

"그렇다면 부탁 하나만 하겠소."

"무슨 부탁이시죠?"

"대공자와 관련된 일이오."

"아주 흥미롭군요. 뭐죠?"

적호가 의미심장한 눈빛으로 나직이 대답했다.

"그의 날개 하나를 꺾는 일이오."

주화인이 활짝 웃으며 대답했다.

“그런 일이라면 제 날개를 뜯어서라도 힘을 보태야지요.”

*　　　*　　　*

엄백양이 말없이 벽의 지도를 쳐다보고 있었다.

그가 바라보는 것은 적호의 깃발이었다. 어제까지만 해도 본단에 있던 그의 위치가 옮겨져 있었다.

사악련에서 그 큰 작전을 성공하고 돌아온 적호였다.

조금 더 쉬게 해줘도 될 것 같은데 또 작전 명령이 내려진 것이다. 신군맹이 수배 중이던 흑귀(黑鬼)의 제거가 바로 그것이었다.

각주가 직접 내린 명령이었다. 해도 너무한다는 생각이 들었다.

홍사백이 그의 옆으로 다가섰다. 함께 지도를 쳐다보던 홍사백이 나직이 말했다.

“이번엔 너무했죠?”

엄백양이 그를 힐끗 돌아보았다. 홍사백은 엄백양이 무슨 생각을 하고 있는지 다 안다는 표정이었다.

엄백양이 피식 웃었다. 하긴 함께 십 년을 생활한 그인데 어찌 서로의 마음을 모르겠는가.

엄백양이 가볍게 한숨을 내쉬며 말했다.

“너무 조이면 부러지고, 너무 느슨하면 빠져 버리지.”

“하지만 이번에는 조여도 너무 조이는데요?”

"그렇지?"

홍사백이 힐끔 구양서의 집무실 쪽을 쳐다보며 덧붙였다.

"가서서 한마디 하시죠?"

"그럴까?"

엄백양이 구양서의 집무실로 향했다.

사실 말을 할까 말까 아까부터 망설이고 있었다. 하지만 선뜻 들어가지 못한 것은 구양서라고 어찌 이번 명령이 심하다는 것을 모르겠는가? 어쩔 수 없으니까 내렸을 것이란 생각이 든 것이다. 그런데 홍사백의 말을 듣고 나니, 한마디 하긴 해야겠다는 생각이 든 것이다.

어쨌든 엄백양이 구양서의 집무실로 들어섰다.

"무슨 일인가?"

용건부터 묻는 것으로 보아 그의 기분이 별로란 것이 느껴졌다.

"그냥 뭐."

엄백양이 우물쭈물 대답을 못했다.

"일단 앉지."

"네."

엄백양이 그의 맞은편에 앉았다.

"그건 뭡니까?"

엄백양이 그가 들여다보고 있는 서류를 힐끗 쳐다보며 물었다.

구양서는 아무 대답도 하지 않았다. 이런 날 괜히 자신을 건

들면 좋지 않다는 어두운 기운을 그는 마구 뿜어내고 있었다.

'그래, 언제는 혹사 안 시켰나?'

엄백양이 자리에서 일어나려는데, 구양서가 불쑥 말했다.

"할 말 하게."

"제가 도와드릴 것 없습니까?"

"그딴 마음에도 없는 소리 말고. 진짜 묻고 싶은 것 묻게."

"적호에게 임무를 내리셨습니까?"

"그렇다네."

"아직 부상에서 완전히 회복되지 않았을 겁니다."

"그런가?"

"너무 이르지 않습니까? 백미관에 적응할 시간도 필요하고
요. 솔직히 그를 너무 혹사시키고 있습니다."

그제야 구양서가 고개를 들었다. 생각보다 짜증스런 표정은
아니었다.

"대체 무슨 일입니까? 이번 일은 굳이 적호가 아니어도 되
지 않습니까?"

"내가 내린 명령이 아니네."

"네?"

엄백양이 깜짝 놀랐다. 잠시 멍하게 있던 그가 빠르게 물었
다.

"설마 또 대공자입니까?"

구양서가 천천히 고개를 끄덕였다.

"그가 진충을 통해 명령을 보내왔네."

엄백양이 버럭 소리쳤다.

"젠장! 말도 안 됩니다."

생각지 못한 말에 엄백양은 화가 났다.

"저희를 사병으로 이용하려는 것 아닙니까? 아무리 대공자지만 이렇게 끌려가서는 안 됩니다."

엄백양은 격앙되어 있었고, 구양서는 아무 반응도 보이지 않았다.

뒤늦게 자신이 실수한 것을 깨닫고 엄백양이 가볍게 고개를 숙였다.

"죄송합니다. 제가 너무 흥분했습니다."

구양서가 고개를 내저었다.

"아니네. 자네 말이 옳아. 이건 아니지."

"대공자를 이해할 수가 없습니다. 저희가 아니라도 고수들이 많지 않습니까? 왜 굳이 우릴……."

"난 이해할 수 있네."

"네?"

구양서의 표정은 굳어 있었다.

가만히 그를 응시하던 엄백양이 흠칫 놀랐다.

"설마?"

엄백양이 경악하며 물었다.

"설마 그런 것입니까?"

이번 작전이 적호를 제거하기 위한 함정이란 생각이 든 것이다.

구양서가 묵묵히 고개를 끄덕였다.

"난 그렇다고 생각하네."

"설마 이런 짓을 벌일 줄이야!"

정말 쓰레기 같은 짓이란 말이 목구멍까지 솟구쳤다.

엄백양이 애써 마음을 다스렸다. 구양서에게 화낼 일이 아니었으니까.

"막아야 합니다."

"어떻게 말인가?"

"어떻게든요."

구양서가 고개를 내저었다.

"그가 결정을 내린 이상… 우리의 손을 떠난 일이네."

그의 말이 옳았다. 이미 명령이 내려진 이상 자신들이 대세를 거스를 수는 없었다.

"지금까지처럼 그가 스스로 살아 돌아오기만을 기다릴 수밖에 없네."

엄백양이 책상을 꽝 하고 내려쳤다.

"그는 반드시 살아 돌아올 겁니다."

"그래야지."

하지만 대공자 측에서 마련한 함정이라면? 과연 살아 돌아올 수 있을까? 엄백양의 마음에 불안감이 가득했다.

적호가 제거당한다면 괴로울 것이다. 한참 동안 그가 그리울 것이다. 그를 죽인 대공자가, 신군맹이, 이 강호에 혐오감을 느낄 것이다. 하지만 결국은 다 잊게 될 것이다. 지금까지 그래 왔듯이.

결국 엄백양이 힘없이 말했다.

"전 두렵습니다, 자꾸 적호를 건드는 것이."

당장에라도 저 문을 부수고 적호가 들어설 것 같았다. 그래서 검을 뽑아 들며 모두를 베어버릴 것만 같았다. 그리고 더 두려운 것은 살아남기 위해 무엇이든 하는…….

엄백양이 음울하게 말을 이었다.

"…우리가 괴물이 돼가고 있는 것은 아닌지 말입니다."

＊　　　＊　　　＊

아무도 없는 그곳 정상에서 그가 기다리고 있었다.

너무 험한 산세에 심마니들조차 오르지 못한 험산이었다.

그는 천 장 절벽 아래를 내려다보고 있었다.

"이제 왔나?"

적염자가 돌아보지 않은 채 물었다.

"날 기다렸군."

적호는 그의 존재를 모르는 양 행동했다. 그의 방심을 이어 가기 위함이었다. 상대는 대공자가 아끼는 네 고수 중 하나였다. 초절정고수로 찰나의 방심이 그대로 패배로 이어질 상대였다. 그는 자신을 한 수 아래로 생각하고 있었다.

적염자가 적호 쪽으로 돌아섰다.

적염자를 잠시 응시하던 적호가 나직이 말했다.

“당신은 흑귀가 아니군.”

“그래, 난 자네가 노리는 사람이 아니네.”

“그럼 누구지?”

“그냥 죽여 버리기에는 아까운 놈이니 말해주지. 회회검이라고 들어봤나?”

“적염자! 당신이 왜?”

“이유는 나도 말해줄 수 없네. 자네가 왜 죽어야 하는지 모르거든. 오히려 내가 묻고 싶네. 대체 무슨 짓을 저지른 건가?”

“난 명령을 받고 수행할 뿐이오.”

“그래, 그렇겠지. 나 역시 자네가 어떤 죄를 지었다고 생각지 않네. 다 빌어먹을 권력 싸움 때문이겠지.”

“그런데도 날 죽일 작정이오?”

“그 빌어먹을 권력 싸움에 나도 끼어 있거든.”

적염자가 바닥에 연속해서 침을 뱉었다. 노고수답지 않은 태도였지만, 그에게 잘 어울리는 행동이기도 했다.

적호가 나직이 물었다.

“그 소문 사실이오?”

적염자의 인상이 대번에 굳어졌다.

“당신 사부를 죽였다는 소문.”

예상한 질문에 적염자가 코웃음을 쳤다.

“빌어먹을! 역시 그거군.”

대체 언제까지 이 빌어먹을 꼬리표가 따라다닐 것인지.

적염자의 몸에서 살기가 흘러나왔다. 그의 기도는 불같이 뜨거웠는데, 이제 그 기운이 부글부글 끓고 있었다.

"죽기 전에 알고나 죽읍시다."

적염자가 버럭 소리쳤다.

"그래, 사실이다! 이 우라질 놈아! 어쩔 테냐?"

그의 말이 산에 쩌렁쩌렁 울려 퍼졌다.

소문은 사실이었다. 그리고 적염자의 입장에서 사부는 죽어 마땅했다.

"일곱 살 어린애를 데려가서 온갖 고생을 다 시켰지. 그리고는 이십 년이 지날 때까지 거지같은 하찮은 무공 몇 수 가르쳐 줘놓고, 뭐? 사형에게 모든 무공을 다 전수하겠다고? 너 같으면 안 죽이겠냐?"

아무도 없는 곳이었고, 곧 죽일 상대이기에 솔직히 이야기했다.

정말 오랫동안 울화가 되어 쌓여왔던 일이기도 했다. 누군가에게 이 말을 꼭 해주고 싶었다. 너흰 안 그럴 것 같으냐고!

"너도 나와 다르지 않았을 거다!"

일갈을 내지른 적염자가 이내 웃음을 터뜨렸다.

"하하하하하!"

정말이지 속이 후련했다. 이번 일 맡기를 정말 잘했다는 생각이 들었다. 이제 한동안은 잊고 살 수 있을 것 같았다.

그때 들려오는 적호의 나직한 대답.

"안 죽여. 나도 그렇고, 보통 사람도 그래."

"뭣이? 너 방금 뭐라고 지껄였지?"

"안 죽인다고. 사부가 고생시켰다고 사부를 죽이는 놈은 이 강호에 몇 놈 되지 않아. 너도 그중 하나지."

적염자만큼이나 적호도 마음이 후련했다.

그가 자신을 죽이려 하는 이상, 그가 사부를 죽였든 죽이지 않았든 그를 죽여야 하는 사실은 변함이 없었다. 하지만 그의 대답을 듣고 나자 마음이 가벼워졌다.

차앙! 적호가 검을 뽑아 들며 싸늘히 말했다.

"그렇게 더러운 짓까지 해서 쌓은 실력 좀 보자."

적호의 도발에 적염자의 두 눈이 길게 찢어졌다.

"죽을 때가 되니 환장을 했군."

적염자가 땅을 박찼다.

순식간에 그가 적호를 덮쳤다.

까앙!

검과 검이 부딪치는 소리가 들렸다.

다음 순간, 두 사람은 원래 서 있던 자리에 서 있었다.

검을 든 자신의 팔이 떨리고 있었다.

적염자가 불신에 찬 두 눈을 부릅떴다.

"뭐야?"

그에 비해 적호는 안정적이었다.

다음 순간,

쉬이익!

적염자의 신형이 다시 사라졌다.

마치 공간 이동을 해오듯 적염자가 적호를 덮쳤다.

깡! 까앙! 깡!

이번에는 연속으로 세 번의 타격음이 이어졌다.

적염자는 다시 원래의 자리로 돌아와 있었다.

그의 눈이 더욱 커졌다.

"그걸 다 막았어?"

적염자의 머릿속이 복잡해졌다. 적호가 무공을 숨겼다는 생각이 들었다. 앞서 백미관에서 봤던 적호의 기도로는 방금 전의 삼연속 공격을 막아낼 수 없다.

그리고 이어지는 또 다른 생각.

'그렇다 하더라도 어떻게 막은 거지?'

방금 전의 그 공격은 간단해 보였지만 호락호락한 공격이 절대 아니었다.

적호 역시 조금 흥분해 있었다.

처음에는 그의 방심을 유도해 기습해서 해치우려 했다.

하지만 첫 공방이 있은 후, 마음을 바꿔먹었다.

오랜만에 대하는 초절정고수였다. 온몸이 투기로 타오르고 있었다. 제대로 붙어서 해치우고 싶어진 것이다.

그것은 적호 개인의 성격이나 성향의 문제가 아닌, 수라팔절이 만들어내는 흥분이었다.

강적을 만났을 때, 마치 살아 있는 것처럼 무공이 꿈틀대는.

그것은 명검이 스스로 우는 것과 비슷한 것이었다.

징—

참혼이 한 번 길게 우는 순간.

적호의 신형이 허공을 갈랐다.

깡! 까앙!

이번에는 적호가 그에게 쇄도했다.

단 두 번의 격돌로 적염자의 생존본능을 깨웠다.

첫 번째 격돌에서 적염자는 깨달았다.

'놈이 무공을 숨겼구나!'

그리고 두 번째 격돌에서 적염자는 이를 악물었다.

'잘못하면 죽는다!'

실로 오랜만에 느껴보는 공포였다. 상대는 그 공포가 부끄럽지 않은 실력이었다. 적염자를 더욱 두렵게 만든 것은 상대의 기분 좋은 흥분이었다. 상대가 이 싸움을 즐기고 있다는 느낌이 든 것이다.

후우우욱!

적호의 검에서 열기가 일었다.

적염자는 깜짝 놀랐다. 검기나 검강이 아니었다. 그것은 말 그대로 내력이 만들어내는 기운의 발출이었다.

괴이한 궤적을 그리던 적호의 검이 멈추는 순간.

쇄애애액!

두 줄기의 기운이 날아들었다.

차고 뜨거운 두 개의 기운이었다. 마치 새끼줄을 꼬듯 서로 얽히면서 크게 휘어져 날아들었다. 구불거리는 그것은 마치 살아 있는 밧줄 같았다.

적염자가 호신강기를 끌어올리며 검강을 발출했다.

검으로 그것을 쳐낼 자신이 없었던 것이다. 태어나서 처음 접하는 무공이었다.

'대체 이것이?'

날아들던 기운이 적염자를 덮쳐 왔다.

기다리던 적염자가 때를 노려 검을 휘둘렀다. 적염자의 검에서 검강이 발출되었다.

꽈아아앙!

검강이 해소한 것은 차가운 기운이었다. 뜨거운 기운은 그대로 살아남아 자신을 덮쳐 왔다.

꽈앙!

충격에 적염자가 주르륵 뒤로 밀려났다.

까딱했으면 절벽으로 떨어질 뻔한 그였다.

적염자의 다리가 후들거렸다. 내부가 진탕한 탓에 속이 메슥거렸다.

적염자가 떨리는 목소리로 물었다.

"대체 무슨 무공이지?"

적호가 나직이 말했다.

"등활탄(等活彈)!"

바로 수라일절이었다. 지금까지 적을 상대할 때 아꼈던 수라팔절이었다. 하지만 오늘 적염자를 상대로 수라팔절을 펼치리라 마음먹은 것이다.

"등활탄?"

적염자는 수라팔절에 대해 알지 못했다.

적호가 검을 고쳐 쥐었다. 대화를 이어가 그에게 회복할 시간을 줄 생각은 없었다.

적염자 역시 본능적으로 그것을 깨달았다.

적염자의 검이 허공을 내질렀다.

자신의 구명절초를 발출한 것이다.

쇄애애애애앵!

적염자의 검에서 일곱 가닥의 검강이 연속해서 쏟아져 나왔다.

용이 승천하듯 검강이 적호를 향해 쏟아졌다.

적호의 검이 허공에 내질러졌다.

쇄아아아아아앙!

마치 적호의 검이 일곱 개로 분리된 것 같은 착각이 들었다.

그와 동시에 그 일곱 개의 검에서 일제히 검강이 발출되었다.

쉬이이이이잉!

바로 수라삼절 중합인(衆合刃)이었다.

파아아앙! 파앙! 팡! 파아앙!

날아들던 적염자의 검강이 공중에서 해소되었다.

적염자가 찢어질 듯 두 눈을 부릅떴다. 믿을 수 없는 광경이었다. 자신의 모든 혼신이 담긴 검강이었다. 마치 꿈을 꾸는 것만 같았다.

"뭐야?"

지금까지가 그냥 꿈이라면 진짜 악몽은 지금부터였다.

적호가 오른발을 내디뎠다. 그 진각으로 바닥이 울리던 그 순간.

쉥!

시원한 한줄기 바람 소리가 들렸다. 검이 내질러진 곳은 분명 바닥이었다.

다음 순간.

쇄애애애애액!

마치 풀숲에 숨어 있던 뱀이 튀어나오듯 적염자의 발밑에서 검은 검기가 솟구쳐 올랐다.

파파파파파팍!

순식간에 적염자의 몸을 스치며 날아오른 검은 검기가 허공으로 사라졌다.

수라이절 흑승류(黑繩流)였다.

파파파파파파파!

적염자의 온몸에서 피가 터져 나왔다.

그 순간 적염자는 보았다, 적호의 몸을 휘감은 불꽃을. 그것은 한여름의 아지랑이처럼 적호의 몸에서 피어오르고 있었다. 모든 것을 녹여 버릴 것 같은 적호의 눈빛은 태양을 닮았다.

다음 순간.

끼이이이이이잉!

귀를 찢는 한줄기 소리.

퍼엉!

적염자의 양쪽 귀에서 핏물이 터지며 고막이 터졌다.

수라사절 호규참(號叫斬)이었다.

균형을 담당하는 귀가 파괴되자 더 이상 적염자는 서 있을 수 없었다.

쿠웅.

적염자가 그대로 뒤로 쓰러졌다.

그는 이미 회생 불능의 상처를 입은 상황이었다.

쿨럭.

적염자의 입에서 핏물이 쏟아져 나왔다.

수라일절부터 사절까지 쏟아낸 적호가 천천히 다가왔다. 그의 몸에서 피어오르던 아지랑이는 거짓말처럼 사라지고 없었다.

무심하게 자신을 내려다보는 적호와 눈이 마주쳤다.

그제야 적염자는 확실히 깨달았다, 자신보다 적호가 더 고수였다는 사실을.

더구나 상대는 기뻐하지 않았다. 마치 자신의 일을 마쳤다는 듯 덤덤한 표정이었다. 그것이 적염자의 마음을 더욱 씁쓸하게 만들었다.

"…개 같은 놈."

욕설의 대상은 적호가 아니었다. 바로 진충이었다. 하긴 진충 역시 적호의 진짜 실력을 몰랐을 것이다. 직접 경험한 자신조차 믿기 어려우니까. 이런 엄청난 무공을 숨기고 있었을 줄이야.

적염자는 처음 적호를 만났을 때 했던 말을, 이제는 진충에게, 그리고 대공자에게 하고 있었다.

"…대체 너희는 누굴 건드린 거지."

적호는 아무 말도 하지 않았다.

적염자가 적호를 올려다보며 마지막 말을 남겼다.

"…허무하군."

그의 눈이 스르륵 감겼다.

귓가에 들려오는 적호의 나직한 말은 그가 죽어서도 절대 이해 못할 그런 말이었다.

"…걱정 마, 당신 역할은 아직 끝난 것이 아니니까."

＊　　　＊　　　＊

약속 장소에 도착한 진충의 표정이 밝아졌다.

"해내셨군요!"

적염자가 웃으며 고개를 끄덕였다.

"힘들었네. 이번 싸움으로 큰 내상을 입었네."

과연 적염자의 목소리는 힘이 없고 가늘게 갈라지고 있었다.

"수고하셨습니다. 이 은혜는 잊지 않겠습니다."

"그래, 고맙네."

진충이 깊숙이 고개를 숙였다.

적염자가 나직이 물었다.

"한데 한 가지 묻고 싶은 것이 있네."

"뭡니까?"

"왜 자네는 적호를 죽이려고 한 것인가?"

"그건… 말씀드릴 수 없다고 하지 않았습니까?"

"난 방금 전, 십이귀병을 죽였네. 나로선 들어야 하지 않겠나?"

진충은 난감했다. 부탁을 받을 때만 해도, 군말없이 부탁을 들어줄 것 같았던 그가 일이 끝나니 마음을 바꿔먹으려 하고 있었다.

"꼭 했어야 될 일이란 것만 알아주십시오."

"좋네. 대신 약속은 꼭 지키게. 검천주가 우릴 밀어낼 때, 날 지켜준다는 약속 말이네."

"걱정 마십시오."

"좋네. 그럼 가보게."

진충이 돌아섰다.

천천히 걸어나오는데 기분이 영 좋지 않았다.

진충이 힐끔 뒤를 돌아보았다. 적염자는 어느새 모습을 보이지 않았다.

진충의 발걸음이 천천히 멈췄다.

뭔가 이상했다. 굳이 이런 외부에서 자신을 보자고 한 것도 이상했다.

그리고 마지막 적염자의 당부는 굳이 하지 않아도 될 말이었다.

그때 진충의 발걸음이 딱 멈췄다.

"누구냐! 나와라!"

앞쪽의 나무 뒤에서 인기척을 느낀 것이다.

나무 뒤에서 누군가 걸어나왔다. 한두 사람이 아니었다.

십여 명에 이르는 그들은 감찰단주를 비롯한 신군맹의 노고수들이었다.

감찰단주가 싸늘히 말했다.

"진충, 신군맹 무인 적호의 살해교사 혐의로 체포한다."

진충의 얼굴이 사색이 되었다.

순간 마음속에 드는 한 가지 생각.

'함정?'

진충이 굳어진 얼굴로 말했다.

"무슨 말씀인지 모르겠소."

그러자 감찰단주가 코웃음을 치며 말했다.

"방금 전, 적염자와 나누던 대화를 우리 모두가 들었다. 그래도 발뺌을 하려는 것이냐?"

진충이 자신 앞에 늘어선 고수들을 하나하나 확인했다.

완전히 낭패였다. 감찰단의 고수들만이라면 함정이라고 우길 수라도 있겠지만 그들은 대공자의 편도, 삼공녀의 편도 아닌 중립의 입장을 취하는 신군맹의 노고수들이었다. 그들 모두가 듣고 있는 상황에서 자백이나 다름없는 대화를 했다. 빠져나갈 방법이 없었다.

물론 그들이 나서게끔 배후 조종한 사람은 주화인이었다.

그야말로 진충은 완벽한 함정에 빠진 것이다. 같은 신군맹의 무인을 살해한 죄는 매우 컸고 그 벌은 엄중했다.

"그렇다면 적염자는 왜 체포하지 않는 것이오?"

진충의 물음에 감찰단주가 조소했다.

"이제야 네 죄를 시인하는구나."

순간 진충이 아차 했다. 당황한 나머지 해선 안 될 말을 내뱉은 것이다. 하지만 적염자가 배신했다고 생각하니 화가 머리끝까지 났다. 당해도 혼자만 당할 수는 없었다.

"그는 이미 죽었다. 방금 전의 적염자는 네 죄를 확인하기 위해 인피면구로 위장한 것이었다."

"뭣이?"

진충이 얼어붙었다.

'그것이 인피면구였다고? 말도 안 돼!'

동시에 진충이 이를 갈았다.

'아뿔싸! 바로 그가 적호였구나!'

천변백면공으로 얼굴을 바꾼 것이 틀림없었다. 사악련 작전을 위해 그에게 천변백면공을 내린 것을 진충은 알고 있었다.

'빌어먹을! 적염자가 실패했구나!'

적염자의 배신이 아니었다. 바로 적호의 함정이었던 것이다.

진충은 이를 악물었다.

'아! 적호! 대체 너는 어떤 놈이기에!'

다가서는 고수들을 바라보며 진충이 눈을 질끈 감았다.

第二十八章

차도살인

절대
강호

　작은 탁자를 사이에 두고 종리문과 기영이 마주 앉아 있었다.

　"좌 선배가 계속 파고들고 있습니다."

　보고를 하는 기영은 인상을 잔뜩 찌푸리고 있었다.

　좌천수의 조사는 그야말로 집요했다. 련주의 직속 명령을 받은 그는 거침이 없었다. 그의 권한은 모든 것에 우선했고, 그의 냉철한 성격이 더해지면서 절대 밝혀져서는 안 될 것들이 드러나고 있었다.

　"작정을 하고 달려들고 있습니다."

　좌천수는 종리문이 이번 일을 미리 알고 있었다고 확신했다.

기영의 이어지는 말에도 종리문이 말없이 앞에 놓인 차를 들었다.

"이대로라면 밝혀지는 것은 시간문제입니다."

종리문은 좌천수의 성격을 잘 알고 있었다.

그는 언제나 자신이 련주의 신뢰를 받는 것을 경계했다. 질투나 개인적인 야심 때문이 아니었다. 그는 사악련을 위하는 인물이었다. 자신 역시 그에 대한 사감은 없다. 어쨌든 그는 똑똑한 사람이고 확실한 사람이었다.

그가 더 개입하기 전에 이번 사건을 그의 손이 닿지 않는 깊은 곳으로 파묻어야 한다.

기영이 넌지시 물었다.

"차라리 아예 적호를 제거하는 것은 어떻습니까?"

종리문 역시 그 생각을 안 해본 것은 아니었다.

"가장 좋은 방법이네. 하지만 거기엔 두 가지 문제가 있네."

"무엇입니까?"

"첫째는 적호를 제거했을 때, 휘각에 잠입해 있던 밀영객의 정체가 드러날 가능성이 높아진다는 점이네. 그들은 자신들의 내부 아주 깊숙한 곳에 첩자가 숨어 있지 않는 한, 이번 일을 적호가 했다는 사실을 알 수 없다고 판단 내릴 테니 말일세."

"그렇군요. 그럼 두 번째 이유는 뭡니까?"

"사실 난 이 두 번째가 더 걱정스럽네. 바로 제거에 실패했을 경우네."

"실패하다니요?"

"말 그대로일세. 우리가 보낸 아이들이 적호를 죽이지 못할 경우를 말하는 거네."

기영의 눈이 놀람으로 커졌다.

"설마 놈을 그렇게까지 높이 보시는 겁니까?"

종리문이 그를 노려보듯 응시했다. 철혈대로를 유유히 죽이고 달아난 녀석에게 그게 할 말이냐는 책망이 담겨 있었다.

하지만 기영의 입장은 달랐다.

"놈의 실력이 뛰어나다는 것은 인정합니다. 하지만 이번 일은 저의 판단 착오 때문입니다. 애초에 놈을 죽이려고 마음먹었다면 놈은 이미 죽은 목숨입니다."

종리문이 고개를 내저었다.

"지금 그 생각이 또 다른 판단 착오면 어쩔 셈인가?"

기영이 인상을 굳혔다.

"그건 저를 너무 무시하시는 겁니다."

그제야 종리문이 좋은 어조로 말했다.

"자네를 무시하려는 뜻으로 한 말이 아니었네. 조심하자는 의미였지."

기영 역시 인상을 풀었다.

"제가 무례했습니다. 죄송합니다."

종리문이 자리에서 일어나서 창가로 걸어갔다.

답답한 마음이었다. 뭔가 결론을 내려야 했다.

그가 창밖을 응시하며 말했다.

"더구나 그를 죽이려면 십객을 움직여야 할 것 아닌가? 만약 십객이 실패해서 죽게 된다면, 좌 선배는 우리가 그 일을 덮으려고 수를 썼다고 주장할 것이야."

"십객을 쓰지 않으면 되지 않습니까?"

종리문이 고개를 돌렸다.

"누굴 쓰자는 말인가?"

기영이 의미심장한 표정으로 말했다.

"잊으셨습니까? 이번 입로 시험에서 응시했던 음사권을?"

"아!"

정말 까맣게 잊고 있었다. 풍양의 제자가 응시를 했고, 응모 과정에서 죽었다는 사실을. 하긴 거기에 신경을 쓸 겨를이 없었다.

"하지만 그는 여러 명에게 합공당해서 죽었다고 하지 않았나?"

"맞습니다. 하지만 그게 무슨 상관입니까? 어차피 사인은 조작될 수 있는 것들 아닙니까? 제자가 적호에 의해 죽었다는 정보를 흘리면 풍양의 성격상 앞뒤 가리지 않고 달려들 겁니다."

순간 종리문의 표정이 밝아졌다.

풍양이란 인간은 참으로 싫었지만, 그의 실력은 믿을 수 있었다.

일전에 그와의 시비로 사악련의 대주가 죽는 일이 있었다. 그 사죄의 의미로 그는 제자를 철혈구로에 입로시켰다. 정말 아슬아슬하게 그는 선을 넘지 않았다. 만약 대주 급 위의 인사였다면 척살령이 내려졌을 것이다.

하지만 반대로 말하면, 대주 급 인사가 죽었음에도 사악련에서 함부로 건들 수 없는 실력이 있다는 말이기도 했다. 그를 제거할 수는 있지만, 많은 희생을 감수해야 한다는 뜻이다.

"풍양이 해낼 수 있을까?"

"절정을 넘어 초절정을 앞둔 그입니다. 당연히 적호를 죽일 수 있지 않겠습니까?"

"흐음."

"설령 실패하더라도 우리와는 상관없는 일 아닙니까? 제자의 복수를 위해 설쳐 대다 죽은 것이니까요."

종리문이 고개를 끄덕였다. 그 점이 가장 좋았다. 확실히 나쁘지 않은 방법이었다.

"적호가 지금 어디에 있는지 확인이 가능한가?"

"네, 밀영객이 연락을 해왔습니다. 그는 지금 내당의 백미관주로 위장해 있습니다."

모든 준비는 완벽했다.

종리문이 혼잣말처럼 중얼거렸다.

"풍양에게 칼을 쥐어주자?"

기영이 의미심장한 눈빛을 발했다.

"우리 칼을 줄 필요도 없습니다. 그는 지금 자신의 칼을 박박 갈아대고 있을 테니까요."

*　　　*　　　*

소패권(小覇拳) 양호가 객잔에 들어섰을 때, 그곳은 한산했다.

철혈구로의 입로 시험에 떨어지고 요 근래 하루가 멀다 하고 그곳에 들렀다. 술이라도 마시면 패배감에서 벗어나는 것 같았기 때문이었다. 그런데 이곳 객잔이 이렇게 한산한 적은 처음이었다.

손님은 한 명뿐이었는데 방갓을 눌러쓴 사내가 구석에 홀로 앉아 술잔을 기울이고 있었다.

양호가 그와 조금 떨어진 자리에 앉았다.

"이봐, 여기 술 가져와."

그러자 점소이가 눈치를 보며 다가왔다. 겁에 잔뜩 질린 표정이었다.

"왜 이리 손님이 없나?"

"그게……."

점소이가 대답을 망설이다 힐끔 구석 자리의 중년 사내를 쳐다보았다. 눈치로 보아하니 그가 손님을 모두 내쫓은 것 같았다.

"항상 먹는 것으로 주게."

"알겠습니다."

점소이가 주방으로 돌아갔다. 가면서 그가 사내를 보며 고개를 한 번 끄덕였다.

아마도 자신이 오면 알려달라고 한 모양이었다.

점소이가 뭔 죄가 있을까? 그에게는 화가 나지 않았다. 단지 사내가 왜 자신을 기다렸는지 궁금했다.

양호가 자리에서 일어나 포권하며 말했다.

"소패권 양호요. 형장께선 누구신지?"

그러자 사내가 피식 웃었다.

"형장?"

형장이란 말은 비슷한 동년배에게 하는 말이었다.

상대의 나이가 분명 자신보다 많아 보였지만, 기세를 살리기 위해 일부러 형장이란 말을 쓴 것이다.

양호가 자신만만하게 말했다.

"날 기다리신 것 같은데, 아니오?"

"소패권 양호가 자네라면, 맞네."

"내가 분명 소패권이오."

"이번에 철혈구로 시험에 응시했었지?"

"그렇소. 어디서 들었소?"

"어디서 듣긴. 자네가 사방천지 떠벌리고 다녔더군. 아깝게 떨어졌다고. 음사권도 죽을 정도로 어려운 시험에서 살아남았다지?"

"맞소. 그도 죽고 말았소."

"자랑스럽나?"

"운이 닿지 않아 시험에는 떨어졌지만 부끄럽다는 생각은 하지 않았소. 하지만 자랑스러울 일도 아니지요. 한데 누구시오?"

그제야 사내가 쓰고 있던 방갓을 벗었다.

목소리는 중년이었는데, 새하얗게 머리가 센 그는 육십대의 노인이었다. 워낙 목소리에 힘이 들어가 있어, 젊게 느껴졌던 것이었다. 길게 찢어진 두 눈과 툭 튀어나온 광대가 그의 인상을 매우 사납게 만들었다.

"이리 와서 한 잔 따르게."

노인이 술잔을 내밀었다.

양호가 망설이지 않고 그에게 다가갔다.

소패권이란 이름이 주는 자신감이자 권리였다. 시비를 걸다가도 자신의 이름만 들으면 다들 꼬리를 말았다. 이 정도의 자신만만한 삶을 누리지 못한다면, 지금까지의 수련이 너무 허망할 것이다.

상대가 누군지는 그다지 상관없었다.

강호를 살다 보면 과거 쥐뿔만 한 경력으로 선배 노릇 하려는 노인네들이 한둘이 아니었다. 아마도 이 노인도 그런 부류 중 하나일 것이다.

하지만 양호는 최대한 예의를 갖춰서 그들을 대했다. 언젠가 자신도 늙을 것이고, 후배들이 자신을 똑같이 대할 수도 있다는 생각 때문이었다.

"후배 잔을 받으시지요."

졸졸졸.

잔이 다 채워지던 그 순간이었다.

쉭!

툭!

바람 소리가 들렸고, 다시 무엇인가 떨어지는 소리가 들렸다.

"으아아악!"

비명을 지른 사람은 저 멀리 있던 점소이였다. 놀란 점소이가 그 자리에 주저앉았다.

양호의 오른팔이 바닥에 떨어진 것이다.

푸아아악!

잘린 팔에서 분수처럼 피가 뿜어져 나왔다.

양호가 공포에 질린 채 팔의 혈도를 눌러 지혈했다.

동시에 뒤로 훌쩍 물러섰다.

보이지도 않을 정도로 빠르게 검을 휘둘러 그의 팔을 자른 노인은 술잔을 묵묵히 기울였다.

노인이 점소이를 보며 나직이 말했다.

"살고 싶으면 꺼져라."

"네, 네!"

점소이와 주방의 숙수들이 후다닥 밖으로 달아났다.

당황하고 낭패한 표정으로 양호가 물었다.

"…당신은 누구요?"

노인이 싸늘히 조소했다.

"어리석은 놈! 누군지도 모르는 상대 앞에서 그토록 방심을 하다니."

방심을 하지 않았다 하더라도 막을 수 없었을 것이다. 노인의 실력은 자신의 사부보다 더 뛰어났다.

"노부가 바로 풍양이다."

양호가 깜짝 놀랐다.

"설마 일검십살 풍양?"

"흥! 병신 같은 놈이 귀는 밝은 척하는구나."

"당신이 왜 이곳에?"

"빌어먹을 제자 놈 때문이지."

풍양이 한숨을 내쉬었다.

철혈구로의 입로 시험에서 제자가 죽을 줄은 정말 몰랐다. 십 년을 넘게 가르쳤는데 그깟 철혈구로에도 들어가지 못하다니, 정말 기가 막힐 일이었다.

문제는 자신이었다.

시험 과정에서 제자 놈이 죽어버렸으니, 구겨진 체면을 어떻게 할 수가 없었다. 체면도 체면이지만, 사악련 쪽과의 문제는 다시 원점으로 돌아왔다. 뭐든 보상을 해줘야 했다. 그전에 울화부터 풀어야 했다. 그래서 철혈구로의 시험에 응시했다가 떨어진 자들을 찾아다니며 분을 풀고 있었다.

"들어보니 제자 놈이 합공을 당해 죽었다더군. 내 제자 놈을 죽인 것들을 찾고 있다."

"뭐요? 그럼 잘못 찾아왔소. 난 당신 제자를 본 적도 없소."

"뭐라? 본 적이 없어?"

"아니, 본 적은 있지만 그와 이야기를 나눈 적이 없다는 말이오."

"첫마디부터 넌 거짓말을 하는구나."

팔을 잘라낸 쪽이 오히려 당당하게 큰소리를 치고 있었다.

양호가 버럭 소리쳤다.

"빌어먹을! 난 당신 제자 안 죽였다니까! 흉수가 정확히 누군지 모르면서 이게 무슨 짓이오!"

팔이 하나 잘렸지만 양호가 기세를 잃지 않으려 애썼다.

그러자 풍양이 탁자를 내려쳤다.

꽝!

탁자가 부서졌고 풍양이 벌떡 일어났다.

그의 두 눈에서 살기가 뿜어져 나왔다.

"상관없다! 시험에 참가한 놈들 모두를 죽여 없애 버릴 작정이니까."

쉬익!

풍양이 양호에게 쇄도했다.

양호가 왼 주먹을 크게 휘둘렀다. 잘린 오른팔에 비하면 위력이 절반에 불과했지만, 그래도 패권이란 별호를 지닌 그였다.

부우웅!

엄청난 위력의 주먹이었지만, 풍양에게는 솜뭉치에 불과했다.

꽈지직.

날아온 주먹을 발로 걷어차며 풍양이 검을 내질렀다.

팔이 부러짐과 동시에,

푸우욱!

풍양의 검이 그의 가슴에 박혔다.

양호의 입에서 울컥 핏물이 흘러내렸다.

"…살, 살려주십시오."

풍양의 눈빛은 더없이 냉정했다.

"다들 내가 어떤 사람인지 잘 모른다. 그게 왜인 줄 아느냐? 내가 정말 성질 더럽고 무서운 사람이란 것을 알게 되는 순간, 다 죽었기 때문이다."

파아악!

양호의 목이 잘려 날아갔다.

철컹.

풍양이 검을 회수했다. 그에게 두 번이나 치명적인 공격을 가했음에도, 그의 무복에는 고작 몇 방울의 피만 튀었다.

"빌어먹을!"

경지에 이른 그의 무공이었지만 아직 부족하다는 생각이 들었다. 완벽해지면 피가 한 방울도 튀지 않게 할 수 있을 것 같았다. 아직 뭔가 부족했다.

그가 돌아서 나가려는데 입구에 복면사내 하나가 서 있었다.

풍양의 두 눈이 가늘어졌다. 복면사내의 기도는 앞서 목을 벤 양호보다 훨씬 날카롭고 예리했다.

"뉘신가?"

풍양의 물음에 복면사내가 나직이 말했다.

"제자를 죽인 사람이 누군지 궁금하오?"

풍양의 두 눈이 가늘어졌다.

"그렇다면?"

"내가 알려주겠소."

풍양이 여전히 굳은 표정으로 물었다.

"왜지?"

그 대답에 따라 이후 행동이 결정될 것이다.

복면사내가 담담히 대답했다.

"련에서 나왔소. 그를 죽이면 이전 그 일은 없었던 것으로 해주겠소."

"내 제자를 죽인 놈을 죽이면 이전 일을 없던 일로 해준다?"

"그렇소."

"왜지?"

"공통의 적이기 때문이오."

풍양의 입가에 미소가 지어졌다. 하나를 베고 두 가지 일을 처리할 수 있는 일거양득이었다.

"혹시나 해서 드리는 말이지만, 손발이 빠른 애들을 구해서 가시는 것이 좋을 것이오."

다시 풍양이 이유를 물었다.

"데려가 보시면 알게 될 것이오. 이후 이 거래에 대해 누설하면 우린 전면 부정할 것이고, 당신은 죽게 될 것이오."

휘이익.

대답을 기다리지 않고 복면사내가 밖으로 몸을 날렸다.

풍양이 코웃음을 쳤다.

"건방진 새끼들."

풍양이 천천히 그가 서 있던 곳으로 걸어갔다.

탁자 위에 한 장의 종이가 놓여 있었다. 그곳에 죽여야 할 대상의 이름이 적혀 있었다.

진호, 신군맹 백미관주.

*   *   *

며칠이 지났지만 대공자 측에선 아무 반응이 없었다.

그가 어떻게 나올지는 그 어떤 예측도 하기 어려웠지만, 적호는 묵묵히 맡은 일에 충실했다.

쨍그랑!

그릇 깨지는 소리에 적호가 상념에서 벗어나 고개를 들었다.

소운이 들고 가던 그릇을 떨어뜨려 깬 것이다.

"다치지 않았어?"

"저리 비켜! 내가 치우지!"

사내놈들이 우르르 달려들었다.

"죄송합니다."

소운이 한발 늦게 달려온 홍매랑에게 고개를 숙였다. 홍매랑은 별반 야단을 치지 않았다. 소운이 그녀에게 조심스럽게 말했다.

"저 잠시만 쉬어도 될까요?"

홍매랑이 고개를 끄덕이자 소운이 밖으로 나갔다.

홍매랑이 적호에게 다가왔다.

"무슨 일이라도 있는 걸까요?"

"무슨 소린가?"

"요즘 통 일에 집중을 못하는 것 같아서요."

"무인들 시선이 부담스러워서 그렇겠지."

"오히려 그땐 잘했지요."

소운을 향해 불었던 수호당 무인들의 관심은 이제 한풀 꺾인 상태였다. 오히려 그때는 일을 잘했다. 그런데 요 며칠 그녀의 정신이 산만해 보였다.

"가서 이야기를 한번 해보지 그러나."

"관주님이 직접 하시죠."

"내가? 왜?"

"저 아이, 저보단 관주님을 더 신임하고 있어요."

"그래?"

"너무 함박웃음을 지으시는데요?"

"오해야."

적호가 웃으며 일어섰다.

"그렇다면 내가 한번 이야기를 해보지."

적호가 밖으로 걸어나갔다. 소운은 백미관 앞 작은 화단에 앉아 있었다.

적호가 다가가자 그녀가 일어서려고 했다. 적호가 나란히 앉으며 말했다.

"괜찮아. 그냥 앉아 있어."

"죄송해요."

"그럴 수도 있지."

소운이 가볍게 한숨을 내쉬었다.

"요즘 무슨 걱정 있나?"

"아뇨."

대답과는 달리 요즘 그녀의 마음은 복잡했다.

우선 아버지가 다시 보고 싶었다.

두 달 후, 아버지가 혼례식을 올리고 나면 뭔가 늦어버릴 것만 같은 기분이 자꾸 들었다.

아버지가 어머니를 진짜 좋아했을지 궁금했다.

듣고 싶었다, 엄마를 진심으로 사랑했지만 신분 차로 헤어질 수밖에 없었다고.

그리고 정작 그녀를 혼란스럽게 하는 것은 아버지가 아니었다.

바로 적호였다.

계속 적호와 탈출하는 꿈을 꿨다. 처음에는 탈출에 대한 공포와 압박감이 아직 남아 있어서라고 생각했다. 하지만 아닌 것 같았다.

꿈의 핵심은 탈출이 아니라… 적호였다.

그가 보고 싶은 것이다.

언제나 꿈속에서의 그는 불러도 대답없는 존재이거나, 저 멀리서 피를 뒤집어쓴 채 싸움만 하고 있거나, 가끔은 자신을 범하는 사내들 뒤에 서서 말없이 내려다보고만 있었다.

어쨌든 하루도 빠짐없이 적호와 관련된 꿈을 꾸었다. 아주 가끔 적호가 자신을 구해주는 날이 되면 하루 종일 기분이 좋았다.

정작 아버지의 꿈은 꾸지 않았다.

그것이 더 그녀를 혼란스럽게 했다.

그럴 때마다 드는 생각은 혹시 자신이 적호를 좋아하는 것이 아닐까란 생각이었다.

"자꾸 생각나는 사람이 있어요."

적호는 그것이 당연히 대공자라 생각했다.

"왜? 볼 수 없는 사람이야?"

적호가 모르는 척 물었다.

"잘 모르겠어요, 볼 수 있는 사람인지. 아님 볼 수 없는 사람인지."

탄식처럼 한숨을 내뱉고는 소운이 적호를 쳐다보았다.

"아, 죄송해요."

그제야 그녀는 관주에게 너무 자신의 속마음을 드러냈다는 것을 깨달았다. 이상하게 관주와 있으면 자신도 모르게 마음이 풀어진다.

적호가 미소를 지으며 말했다.

"그냥 그리워만 하는 것도 나쁘진 않지."

“네?”

“살다 보면 때론 격렬한 사랑만큼이나 그리움이 소중한 순간이 있어. 사람 관계란 것이 꼭 만나야만 완성되는 것은 아니거든. 그리워하는 그 자체가 결과이고, 완성일 수도 있지.”

잠시 말없이 자신의 발치를 내려다보던 소운이 갑자기 벌떡 일어났다.

“저 잠시 나갔다 와도 될까요?”

“다녀와.”

갑작스런 그녀의 태도에도 적호가 흔쾌히 대답했다.

저 멀리 뛰어가던 소운이 돌아서서 소리쳤다.

“관주님 말씀을 듣다 보니 문득 느꼈어요. 맞아요, 관주님 나이가 되면 그런 깨달음을 얻을 수 있을 것 같아요. 그래서 지금은 달라야 한다고 생각해요. 아직 전 젊으니까요. 전 그리워만 안 할래요. 직접 가서 볼래요. 그러다 보면 관주님이 말씀해 주신 그것을 깨달을 날도 오겠지요. 저 오늘 조금 늦을지 몰라요.”

그녀가 다시 달려갔다.

적호가 자신도 모르게 미소를 지었다. 소운에게 어울리는 모습은 바로 저 모습이었다. 저렇게 밝게, 자신의 삶을 살아가는.

이내 적호의 표정이 굳어졌다. 저 삶을 지켜주지 못한 미안함 때문이었다.

그녀와 무슨 인연이 깊어서 그런 생각을 하느냐고 묻는다면 그렇게 답할 것이다. 그녀를 죽이려고도 했고, 구하기도 했다고. 이 정도면 충분하지 않느냐고.

그때 적호 뒤에서 들려오는 말소리.

"오호, 위험한데요?"

돌아보니 홍매랑이 눈을 가늘게 뜨고 적호를 쳐다보고 있었다.

"그녀를 바라보는 모습이 애절한데요."

적호가 피식 웃으며 대답했다.

"나도 총각이라니까."

"징그럽게 왜 이래요!"

"후후, 나도 외출해. 걱정 마, 오늘 안 돌아오는 좋은 상관이 되어줄 테니까."

적호가 저 멀리 걸어갔다.

"설마 소운이 따라가는 건 아니겠지요?"

적호가 돌아보지 않고 손을 흔들었다.

그 뒷모습을 보며 홍매랑이 입을 삐죽 내밀었다.

그때 갑자기 등 뒤에서 들려오는 말소리.

"자네가 더 위험해."

놀라 돌아보니 어느새 공숙이 서 있었다.

"어이쿠, 깜짝이야. 기척이나 내고 오시든지?"

공숙이 무덤덤한 표정으로 고개를 내저었다.

"저 사람은 포기해. 여기 오래 있을 사람이 아니야."

사람 보는 눈만큼은 정말 대단한 공숙이다. 만날 농담으로 돗자리 펴자는 말을 그에게 한다.

홍매랑이 입을 삐죽 내밀었다.

"누가 뭐래요?"

"포기하라고."

"애초에 생각도 없다고요!"

홍매랑이 적호가 걸어간 방향을 돌아보았다.

분명 그녀의 눈빛에 흐르는 것은 아쉬움이었다.

*   *   *

적호가 철방에서 나오고 있었다.

손에 들린 것은 작은 나무상자였다. 거기에는 일전에 주문했던 비수 오십 개가 들어 있었다.

가져갔던 비수는 탈출하는 과정에서 거의 다 소모했다.

이제 새로운 비수가 필요한 것이다. 물론 제이창고 숙소 지하에 황철방에서 만든 비수가 남아 있었지만 그건 비상시에 사용하기 위해 그대로 두기로 했다. 이곳의 비수도 황철방의 비수보단 약간 질이 낮았지만 기대 이상으로 괜찮았다.

적호가 천천히 저잣거리를 걸었다.

호객행위를 하는 상인들과 물건 값을 깎는 여인네들의 모습이 평화롭게 느껴졌다.

저잣거리를 걸을 때면 적호는 마음이 편해지는 것을 느낀다.

이곳에 오면, 뭐랄까 평범한 사람들이 열심히 사는 모습을 통해 앞으로 자신이 살아가야 하는 어떤 미래의 모습을 그려 볼 수 있었다.

나중에 현의 치료가 다 끝나면 중원 여행을 떠날 것이다.

그리고 여행을 마치고 돌아오면 인심 좋고, 경치 좋은 작은 마을에 조그마한 상점을 열어 장사를 할 것이다. 어떤 장사든 상관없지만 몇 가지 조건이 있었다.

매일 열지 않아도 되는, 쉬고 싶을 때는 문을 닫아도 되는, 그래서 조금은 여유롭게 삶을 살아갈 수 있는 그런 삶을 적호는 꿈꾼다.

그때 저 앞으로 떡을 파는 노파와 손녀가 눈에 들어왔다. 착하게 생긴 아이가 할머니의 어깨를 주무르며 웃고 있었다. 아직 한창 장난치고 할 나인데, 기특한 녀석이었다.

적호가 남은 떡을 모두 샀다. 한 냥을 주고 거스름돈을 받지 않자, 조손이 몇 번이나 허리를 숙여 인사했다. 두 사람이 열흘은 팔아야 벌 수 있는 돈이었다. 횡재를 했으니 오늘은 들어가면서 돼지고기라도 사들고 갈 것이다.

적호가 떡을 챙겨서 그곳을 떠났다.

한 손에는 비수를, 한 손에는 떡을 들고 그렇게 얼마나 걸었을까?

지나던 마차 한 대가 멈춰 섰다.

적호가 돌아서자 마차 창문의 휘장이 조금 걷어졌다. 적호가 전혀 생각지 못한 사람이 그곳에 있었다. 바로 주화인이었다.

"타세요."

대답을 기다리지 않고 문이 열렸다. 허름한 마차는 분명 위장용이었다.

주위의 이목에도 불구하고 자신에게 다가선 것이다. 적호가 군말없이 마차에 올라탔다. 마침 그녀에게 할 이야기도 있었다.

적호가 마차에 타자 곧바로 마차가 출발했다. 마차를 모는 사람은 죽립을 깊숙이 눌러쓴 이단심이었다.

"잘 지냈어요?"

기준을 어디에 두느냐에 따라 달라질 대답이었다. 신군맹 후계자의 오른팔이 자신을 죽이려 했던 요즘이었다. 살아남아 있으니 잘 지냈다고 대답해야 할까.

묵묵히 고개를 끄덕이며 적호가 말했다.

"이번에 도와주신 일은 진심으로 감사하오."

그 일은 바로 진충을 함정에 빠뜨린 일이었다.

"맨입으로 그냥 넘어가시려고요?"

생각지 못한 대답에 적호가 살짝 당황했다.

그러자 주화인이 싱긋 웃었다.

"농담이에요. 사형의 오른팔인 진충을 제거했으니, 오히려 감사는 제가 드려야죠."

"그가 죽었소?"

"죽진 않았어요. 그래도 명색이 사형의 제일수족인데 그렇게 쉽게 제거할 수는 없죠. 하지만 한동안 뇌옥에 갇혀 지내야 할 거예요. 그 정도만 되도 저흰 충분하죠."

적호 역시 그 정도면 충분했다. 자신을 죽이려 한 진충이었지만 한편으론 그의 충성심을 이해했다.

"그건 뭔가요?"

"떡이오."

담담히 대답했지만 사실 적호는 내심 당황했다.

주화인이 웃으며 말했다.

"하나 먹어도 될까요? 마침 배가 출출했는데."

"길에서 파는 음식이오."

"그래서 제게 어울리지 않는다고요? 전 길에서 파는 음식뿐 아니라 땅에 떨어진 음식도 먹는답니다."

"그런 말 하지 않으셔도 되오."

적호가 떡의 포장을 풀었다.

그녀가 가늘고 하얀 손가락으로 떡을 하나 집어 먹었다.

"아! 맛있네요. 함께 드시죠?"

혼자만 먹게 하는 것이 미안해서 적호가 떡을 하나 집어 들었다.

삼공녀와 함께 달리는 마차 안에서 떡을 먹을 날이 올 줄은 정말 꿈에도 생각지 못했다.

그런데 그 기분이 그리 나쁘진 않았다. 그녀를 처음 봤을 때 낯익은 느낌이 들었다면, 두 번째 본 지금은 아주 친근한 기분이 들었다.

'위험하군.'

조심해야 한다, 특히 아름다운 여인은.

"그럼 이건 뭐죠?"

이번에는 주화인이 비수 상자를 가리켰다.

그녀가 왜 자신에게 이렇게 호감을 보이는지 알 수 없었다.

적호가 상자를 들어 그녀에게 건넸다.

그녀가 상자를 열었다.

"오호! 비수군요."

그녀가 비수를 하나씩 꺼냈다.

"어디서 만든 것이죠?"

"저 아래 철방에서 만들었소."

"제법 괜찮네요. 얼마나 들었죠?"

"총 여덟 냥 줬소."

"그렇군요. 아! 마침 제게 남는 비수가 있는데 보내 드려도 될까요?"

적호가 고개를 내저었다.

"필요없소."

"이것보다 훨씬 좋은 것이라 확신해요."

"그래서요."

"그래서라고요?"

"그렇소. 비수가 너무 좋으면 오히려 싸움에 방해가 되오."

"그건 왜죠?"

"회수를 해야 한다는 압박감이 생기기 때문이오. 비수는 어

디까지나 소모품이오. 호신강기로 비수를 튕겨내는 고수를 오
직 비수로만 상대해야 할 상황이 아니라면, 굳이 비싼 것을 사
용할 필요가 없소. 어차피 던지는 사람의 기량에 달린 문제요.
한 푼짜리라도 고수가 던지면 죽소."

"아하, 그렇군요."

그녀는 대화를 끊지 않고 이어갔다.

"그동안 위험한 작전을 많이 해냈겠군요."

덕분에 어색한 분위기가 연출될 사이가 없었다.

"그중 특별히 생각나는 작전 있어요? 기억에 남는 작전이거
나."

가장 힘든 임무는 두 가지였다.

이 년 전 임무와 이번 소운을 구해온 임무. 굳이 선택을 하
라면 이년 전 임무였다.

임무 자체는 이번이 더 어려웠지만, 어쨌든 결과적으로 큰
부상 없이 해결했다.

하지만 이 년 전 그 작전은 목숨을 잃을 뻔했다. 그리고 그
녀를 만난 작전이기도 했다. 덕분에 서현이의 존재를 들켰고.
여러모로 어려웠던 작전은 그 임무다.

"기밀이라 말씀드릴 수 없소."

"아쉽군요."

"신군맹의 주인이 되시면 얼마든지 물어보시오. 그때는 모
두 말씀드리겠소."

"호호호. 상상만으로도 달콤하군요."

주화인이 입을 가리며 환하게 웃었다. 그녀의 아름다움은 정말이지 치명적이었다.

만약 예전의 자신이었다면, 젊은 시절이거나 혹은 지금처럼 현이를 위해 살아가는 삶이 아니었다면, 장담하건대 반드시 그녀에게 빠져들었을 것 같았다.

"제가 맹의 주인이 되기를 바라는 건가요?"

"솔직히 말씀드리면, 난 관심없소."

"호호, 제 면전에서 이런 말을 한 사람은 아마 적 대협이 처음일 거예요."

"대협이란 말, 불편하오."

"그럼 뭐라 부르면 좋을까요?"

"그냥… 적호라고 불러주시오."

"좋아요, 그러죠. 대신 우리 친구 하죠."

적호가 황당한 표정으로 그녀를 쳐다보았다.

그녀가 싱긋 웃으며 말했다.

"안 되나요?"

"당연히."

"왜 안 될까요? 이미 그쪽은 저를 친구처럼 대하고 있는데."

"난 그런 적 없소."

"내 앞에서 이렇게 당당히 자기 할 말을 다하는 사람은 아무도 없지요. 오직 친구만이 할 수 있지요."

적호는 순간 당황했고 대꾸할 말을 찾지 못했다. 그녀 말처럼 지금 너무 당당하게 그녀를 대하고 있다.

사실 그건 일종의 자기방어였다. 상대가 너무 아름다우니까. 게다가 그냥 아름답기만 한 여인이 아니었다. 권력과 배짱, 지력과 용기를 지닌 여인이었다. 자신의 운명줄을 쥐고 있는 여인이었다. 그녀에게 방심하지 않으려는 노력이 너무 튄것이다.

"호호, 죄송해요. 오랜만에 즐거워서 잠시 실례를 했어요. 앞으론 적 무사로 부르겠어요."

"그래 주시오."

밖에서 마차를 모는 이단심은 주화인이 지금 진심으로 즐거워하고 있다는 것을 느끼고 있었다. 예전에 그녀에게 들었던 말이 가슴에 와 닿았다.

그녀는 정말 적호를 사랑하고 있었다.

평소 그녀가 다른 사람을 대하는 모습을 가장 가까운 곳에서 지켜보는 이단심이었다. 이런 분위기의 자리는 맹세코 본적이 없다. 자신의 주인이 저렇게 많은 말을 하며 누군가의 삶을 궁금해한 적 또한 맹세코 없었다.

그때 저 앞길 한옆에서 누군가 손을 들어 신호를 보냈다. 자신의 수하였다.

이단심이 마차의 속도를 줄였다. 수하가 스쳐 지나가며 전음을 보냈다.

마차 속도를 다시 올리며 이단심이 주화인에게 전음을 보냈다.

[백 소저가 연락을 해왔습니다.]

[그런데?]

주화인이 조금 의아한 마음이 되었다. 굳이 그 일을 전음까지 써가며 보고할 필요가 없었기 때문이다. 더구나 적호와 이야기를 나누고 있는 자신에게.

[그녀가 적 대협을 뵙고 싶답니다.]

그제야 주화인이 왜 이단심이 전음을 보냈는지 이해했다.

잠시 숙고하던 주화인이 적호를 보며 웃으며 말했다.

"오늘 시간 좀 더 있어요?"

*　　　*　　　*

잠시 후, 적호가 처음 그녀를 인계했던 장원으로 들어섰다.

화원에 소운이 기다리고 있었다.

적호는 그녀와 처음 만났을 때의, 그 양현의 얼굴로 바뀌어 있었다.

주화인이 소운이 자신을 만나고 싶어한다는 말을 전했을 때, 처음에는 거절했었다.

그런 자신에게 주화인이 야릇한 미소를 지으며 말했다.

"여인이 먼저 청하기 쉽지 않은 일이에요. 자신을 위해서가 아니라 그녀를 위해서 한 번 만나보세요."

그 말에 적호가 마음을 바꾸었다.

"잘 지냈소?"

오랜만에 양현의 목소리를 내려니 조금 떨렸다.

"네."

다행히 그녀는 목소리가 조금 달라진 것을 눈치채지 못했다. 그녀의 심장은 세차게 요동치고 있었다.

소운은 적호를 다시 만나자, 비로소 그에 대한 감정을 확인할 수 있었다. 자신은 분명 그를 그리워하고 있었다. 그렇지 않다면 이 기분 좋은 두근거림을 설명할 방법이 없다. 그녀의 떨림이 점차 커져 갔다.

하지만 분위기는 서먹했다. 철혈구로에서는 소운이 선배였었지만 이제는 반대였다.

"그때는 경황이 없어서 제대로 인사를 못 드렸어요."

"무슨 인사 말이오?"

"고맙다는 말씀요."

그녀는 고맙다는 말을 몇 번이나 했었다. 그녀 말처럼 경황이 없어 그 사실을 기억하지 못할 뿐이었다.

"고마워할 필요 없소. 임무였을 뿐이오."

"그러셨겠죠."

적호는 그녀와 조금 거리감을 두려고 노력했다. 방금 전 주화인을 만난 후, 그녀만큼이나 아름다운 소운을 만나니 솔직히 마음이 심란했다.

운명이 남녀 사이를 장난칠 때가 있다. 외롭고 간절할 때는 단 한 명도 보내주지 않다가, 이제는 마음을 비우고 돌아서 새

일을 시작할 때면 기다렸다는 듯 인연이 다가선다. 그것도 하나가 아니라 여럿이.

"요즘 바쁘세요?"

둘의 대화는 겉돌고 있었다.

소운은 적호가 보고 싶었다는 말을 할 수가 없었다.

적호 역시 소운의 진정한 속마음을 모르는 이상, 뭐라 적극적으로 해줄 말이 없었다.

"어떻게 지내느냐고 묻지 않으시네요."

그날 이후 처음 보는 것이라면 적호도 할 말이 많겠지만, 매일 보는 소운이었다. 그녀가 어떻게 지내는지 누구보다 잘 알고 있었다.

"어떻게 지내시오?"

뒤늦은 물음에 소운이 희미하게 웃었다.

덤덤한 적호의 태도는 예상한 일이기도 했다. 세상의 숱한 간절한 바람들은 실망과 친한 법이니까.

그럼에도 어쩔 수 없었다. 아까 백미관주의 말을 듣고 있는데, 갑자기 불쑥 적호가 보고 싶었다. 지금 당장 봐야겠다는 생각이 들었다.

이단심에게 적호를 만나게 해달라고 부탁하기 위해 달려가는데, 마치 다른 사람이 된 것 같았다. 누군가를 떠올리고 간절히 생각하며, 그를 만나기 위해 심장이 터질 듯이 달려가는 자신이 너무 좋았다.

그에게 자신의 감정을 강요할 수는 없었다. 이번 만남은 그녀 자신이 원했던 일이었다. 그녀는 후회하지 않았다.

"전 요즘 백미관에서 일하고 있어요. 비록 무공을 쓰는 일은 아니지만, 오히려 마음이 편해요. 당분간은 이렇게 그냥 지내려고요. 아버지는… 아버지는 아직 뵙지 못했어요. 하지만 곧 뵙게 될 거예요. 절 구해주신 은혜는……."

그녀의 말은 복잡한 심경을 드러내듯 두서가 없었다.

듣고 있던 적호가 불쑥 말했다.

"철혈구로에서 당신을 만났을 때……."

무슨 말이 나올까 소운이 긴장했다.

"당신이 참으로 그곳에 어울리지 않는다고 생각했었소."

"그랬었나요?"

"단지 여인이라서가 아니었소. 그냥… 당신 본성 자체가 사악련과 어울리지 않는다고 생각했소."

소운이 희미하게 웃었다.

"저를 과대평가하셨군요. 전 그렇게 좋은 사람이 아니에요."

적호가 자신을 좋게 봐줬다는 사실에 소운은 기분이 좋아졌다.

하지만 적호가 하고 싶은 말은 그것이 아니었다.

"하지만……."

적호는 잠시 말을 잇지 못했다. 무슨 자격으로 그녀에게 충고를 할 수 있을까란 자괴감 때문이었다. 하지만 그렇다고 피해 버리는 것은 더욱 비겁한 행동이란 생각이 들었다.

"그곳에서의 당신은 참으로 자신만만했소."

생각지 못한 말에 소운이 흠칫 놀랐다. 그 말은 지금은 자신감이 없어 보인다는 뜻이었다.

그녀가 힘없이 말했다.

"그땐… 칠조육로였으니까요."

적호가 담담히 물었다.

"그게 소운이란 이름보다 더 대단했던 것이오?"

적호는 가슴이 아련했다. 자신 역시 권강호가 아닌 적호로 살아가고 있었다. 적호로 살아가다 보니 이제는 적호란 이름이, 그 삶이 더 익숙해졌다.

하지만 적호는 잊지 않으려 애쓰고 있었다.

자신이 누군지를. 자신이 누구며, 누구를 위해, 어디를 향해 가고 있는지를 항상 잊지 않으려 애쓴다.

그것을 잊는 순간, 미래도 없다는 생각으로.

그녀 역시 그러기를 바랐다.

"당신이 그때 내게 보여줬던 그 당당함과 자신감을 잊지 않았으면 하오."

이것이 적호가 하고 싶은 말이었다.

그래서 자신의 간절한 열망이 그렇듯, 그녀 역시 이 싸움에서 살아남기를 바라니까.

"그만 가보겠소."

적호가 돌아섰다.

그가 문을 열고 나서려고 할 때, 그때까지도 가만히 서 있던 소운이 크게 말했다.

"칠조칠로!"

적호가 조금 놀란 표정으로 그녀에게 돌아섰다.

"이봐, 후배. 내 이름은 소운이다. 자네 이름은 뭔가?"

장난 속에 그녀의 진심이 담겨 있었다. 이제 소운으로 당당히 살아가겠다는 의지였다. 적호가 장단을 맞춰주었다.

"적호입니다."

씩씩한 대답에 소운이 다시 말했다.

"앞으로 또 볼 수 있겠지?"

그녀의 목소리가 떨렸다. 그녀가 지금 얼마나 용기를 내서 자신에게 묻고 있는지 느껴졌다. 우린 매일 보고 있다는 대답을 해주고 싶을 정도로.

적호가 미소를 지으며 말없이 고개를 끄덕였다. 열 마디 말보다 든든한 한 번의 고갯짓이었다.

적호가 그대로 문을 열고 나갔다.

소운이 가볍게 한숨을 내쉬었다.

마지막은 그야말로 돌발행동이었다. 적호가 기분 좋게 받아주어서 다행이었다. 좋아하는 사람에게 약한 모습을 보이고 싶지 않았다. 언젠가 다시 만나게 될 때, 성장한 자신의 모습을 보여주리라 그녀는 마음먹었다.

멀리서 주화인과 이단심이 그 모습을 지켜보고 있었다.

"왜 만나게 해주셨습니까?"

“보고 싶다는데 보게 해줘야지.”

이단심은 주화인의 결정이 이해가 되지 않았다. 이래저래 복잡한 상황이지만 어쨌든 주화인은 적호를 사랑한다.

자신이라면 사랑하는 남자에게 다른 여자를 만나게 해주지 않을 것 같았다. 그것도 저렇게 젊고 아름다운 여인을.

주화인이 담담히 말했다.

“저 아이까지 한(恨)을 키울 필요는 없겠지.”

“한이라니요?”

말뜻을 몰라 물은 것은 아니었다.

“가만히 있어도 가슴이 답답해지는 것. 남들은 다 웃고 있는데 혼자 눈물이 나는 것. 아무리 좋은 일이 있어도 행복하다는 느낌을 받지 못하는 것. 너 그래?”

“아뇨.”

“그게 좋아. 그런 게 가슴속에서 자라면 인생이 피곤해지거든.”

“그게 이번 일하고 무슨 상관이 있습니까?”

주화인이 다시 고개를 돌렸다.

멀리서 하늘을 올려다보는 소운은 분명 웃고 있었다.

소운을 가만히 응시하며 주화인이 나직이 말했다.

“사형도, 나도, 그도 가슴속에 한이 있어. 그런 상황에서 저 아이까지 한을 쌓을 필요는 없다는 거야. 한 많은 사람들이 얽히면 언제나 끝은 파국이거든.”

이단심이 가만히 고개를 끄덕였다.

주화인에게는 자신이 영원히 이해하지 못할 어떤 것이 있었다. 어쩌면 그것이 방금 전에 말한 한일지도 모른다는 생각이 들었다.

어쩌면 모든 것을 다 안다고 생각했던 주인에 대해 사실은 별로 알고 있는 것이 없을지도 모른다는 생각이 들었다.

주화인이 쏟아져 내리는 따스한 햇살에 손을 내밀었다.

"이제 정말 봄이구나."

第二十九章

군맹서가

절대
강호

"왜 그랬느냐?"

백무성의 물음에 진충은 고개를 푹 숙인 채 아무 대답도 하지 않았다.

지하 뇌옥의 창살 너머에 앉아 있는 진충은 매우 지쳐 보였다.

적호의 제거에 실패하고, 더구나 이렇게 함정에 빠져 대공자의 명예에 막대한 피해를 입혔다. 부끄럽고 면목이 없었다. 입이 열 개라도 할 말이 없었다. 자결이라도 했어야 했는데, 그건 진짜 백무성에 대한 불충임을 알았기에 차마 실행에 옮기지 않았다. 죽더라도 백무성의 손에 의해 죽어야 했다.

"죄송합니다."

“묻고 있지 않느냐, 왜 그랬느냐고?”

나직하지만 거부할 수 없는 명령이 실린 말이었다.

“그에게 마음이 흔들리시는 것을 두고 볼 수만은 없었습니다.”

“그렇게 보였더냐?”

“네.”

“이유는 그뿐이더냐?”

“…네.”

백무성이 무겁게 말했다.

“그 아이가 딸이어서는 아니고?”

그 말에 진충이 깜짝 놀라 고개를 들었다.

“알고 계셨습니까?”

“네가 이 난리를 친 이유가 궁금했다. 그래서 알아봤다.”

“아.”

진충이 다시 고개를 숙였다. 결국 이번 일로 그 일까지 다 알게 된 것이다. 죄는 더욱 무거워졌다.

백무성은 진충에 대해 잘 알고 있었다. 그는 더 이상 그 일에 대해 언급하지 않겠다고 다짐했다.

진충은 세상 그 누구보다 약속을 지키는 수하였다. 그런데 적호를 죽이기로 심경 변화를 일으켰다. 분명 이유가 있으리라 생각했다.

“그게 무슨 상관이라고.”

여전히 진충은 아무 말도 않았다.

말은 그러했지만, 백무성은 진충의 충심에 감격했다. 다들 자기 앞가림하기 바쁜 이 세상에, 누가 있어 자신에게 이렇게 깊은 정을 쏟아줄 수 있을까? 자신에게 많은 유능한 수하들이 있지만, 진충만큼 충성심이 깊은 수하는 없다.

"당장은 빼줄 수 없다. 잠시 쉬면서 마음을 다스려라. 빠르면 혼례식 전에는 빼줄 수 있을 테고, 늦으면 몇 년 걸릴 거다. 내가 사매에게 밀려 죽게 되면 영원히 못 나올 수도 있다."

무서운 말을 백무성은 담담히 했고, 그보다 더 담담하게 진충이 듣고 있었다.

"네, 각오하고 있습니다."

진충이 고개를 숙였다.

돌아서는 백무성의 등으로 진충이 말했다.

"조심하십시오."

"누구 말이냐?"

"적호, 그자는 우리가 알고 있는 그 이상의 뭔가가 있습니다."

백무성이 가볍게 한숨을 내쉬었다.

"어리석은 녀석. 그걸 몰랐더냐? 어느 분야든 최고라 불리는 이들은 겉으로 보이는 것 이상의 뭔가가 반드시 있게 마련이다."

"제가 어리석었습니다."

"이제라도 알면 되었다."

"그를 어떻게 하실 겁니까?"

"그를 제거하는 것은 모든 것을 다 해도 안 통했을 때의 선택이다. 넌 마지막 선택을 가장 먼저 한 것이다."

"이번 일로 볼 때, 그는 분명 삼공녀님과도 관련이 있습니다."

"그렇겠지."

백무성이 돌아서지 않은 채 말했다.

"최고를 대하는 방법에는 두 가지가 있다. 우매한 자는 끌어내리려 하고, 현명한 자는 그에 합당한 대우를 해준다. 그리고는 그 능력의 열 배를 뽑지. 사매는 누구보다 똑똑한 여자지."

"설마 그를 받아들이시려는 겁니까?"

"일단은 시도해 봐야지."

백무성의 눈빛이 깊어졌다.

"이대로 그를 사매에게 넘겨줄 수는 없지 않느냐?"

*　　　*　　　*

백무성이 적호를 찾아온 것은 자정이 넘어서였다.

숙소 마당에 서서 백무성이 술병을 들어 보였다. 마치 오랜 친구를 찾아온 그런 모습이었다.

"한잔할까?"

"들어오시지요."

백무성이 마당 한옆에 놓인 평평한 바위에 자리를 잡고 앉았다.

“달도 좋은데 여기서 마시지.”

“그러지요.”

술 한 병을 사이에 두고 두 사람이 마주 앉았다. 적호는 그의 방문을 예상하고 있었다. 그게 예고 없는 심야의 방문이 될 줄은 몰랐지만.

적호는 그를 크게 경계하지도 않았고, 그렇다고 긴장을 풀지도 않았다.

백무성이 술을 한 모금 마시고 술병을 적호에게 건넸다.

적호가 술을 마셨다. 아주 센 술이어서 한 모금에 독한 기운이 목구멍으로 올라왔다.

“술은 좀 하는가?”

“조금 마십니다.”

“나는 원래 술을 아예 못 마셨다네. 체질에 안 맞아서 한 모금만 마셔도 속이 다 뒤집어졌지. 얼굴은 물론이고 온몸이 붉어지더군. 그런데 본 맹의 대제자란 신분으로 살아가면서 술이란 놈을 안 마실 수가 없더란 말이지. 한 잔, 두 잔 마시다 보니 늘더군. 정말이지 술만큼 빨리 느는 것도 없지. 내가 살면서 비 온다고 술 생각이 날 줄은 꿈에도 생각지 못했다네. 하하하하.”

백무성이 다시 술을 마셨다.

주로 말을 건네는 쪽은 백무성이었고, 대답은 적호의 몫이었다.

“자네, 혹시 주사(酒邪) 있나?”

“없습니다.”

“난 술에 취하면 너무 솔직해진다네. 처음에는 인간적인 모습이라 생각했는데, 나이를 먹으니 그게 아니더군. 술기운에 솔직해지는 것, 그것도 주사란 것을 깨달았지. 그래서 난 주사가 있네.”

오늘 허심탄회하게 솔직한 심정을 말하겠다는 예고였다.

이번에는 적호가 담담히 말했다.

“술을 마시고도 속마음을 감추는 것, 그것도 주사겠지요.”

“그럴듯하이. 하하하하.”

통쾌하게 웃고 난 후, 백무성이 불쑥 물었다.

“진충 그 아이가 자넬 죽이려고 하는 것을 어떻게 알았나?”

“절 죽이려는 자의 입을 통해서 알았습니다.”

“입이 가벼운 칼을 샀군. 아니지, 찌를 대상을 잘못 고른 거겠지.”

적호는 아무 말도 하지 않았다.

“그래서 사매를 찾아갔나?”

“네. 저를 지켜줄 유일한 사람이라 생각했습니다.”

적호는 적절하게 스스로를 숨기고 있었다. 모두 드러내서도 안 되고, 모두 숨겨서도 안 되는 일이었다. 적호는 지금 대공자와 비무를 나누고 있었다.

“왜 나를 찾아오지 않았나?”

백무성이 직접적으로 물어왔다.

“찾아갔다면, 그를 버리고 저를 선택해 주셨겠습니까?”

잠시 망설이던 백무성이 나직이 대답했다.

"어쩌면."

어떻게 했을지는 사실 장담할 수 없었다. 지금 생각에서는 적어도 진충의 계획은 확실히 말렸을 것 같았다.

"공자께서 가장 아끼시는 수하라고 들었습니다."

하지만 저 이유로 다른 결과가 났을 수도 있었다. 백무성이 완전히 확신하지 못하는 이유기도 했다.

적호는 당당했다. 적호는 그에게 미안해하지 않았다. 미안해할 사람은 바로 그다.

백무성이 적호를 가만히 응시했다.

"자넨 확실히 특이하군."

"공자님의 한마디면 먼지처럼 사라질 하찮은 존재에 불과합니다."

백무성은 긍정도 부정도 하지 않았다.

"어쨌든 결과적으로 자네 때문에 난 가장 신임하는 수하를 잃었네."

"죄송합니다."

"그가 왜 자넬 죽이려 했는지 아나?"

물론 너무나 잘 아는 이야기다. 하지만 절대 아는 척해선 안 될 사연이기도 했다.

"모릅니다."

"궁금하지 않은가?"

"궁금합니다."

“이전 작전에서 자네가 죽인 사람이…….”

적호가 긴장했다. 그가 진실을 말하지 않기를 바랐다.

“나와 관계가 있는 사람이었네. 조카뻘 되는 아이였지. 그래서 그가 손을 쓴 것이지.”

적호가 가볍게 한숨을 내쉬었다. 다행히 백무성은 모든 것을 터놓지 않았다. 상대가 자신의 모든 것을 터놓는 것을 좋아해선 안 된다. 그 말은 바꾸어 말하면, 그렇게까지 했는데 말이 통하지 않으면 죽이겠다는 뜻이기도 했으니까. 백무성은 지금 절반의 진실만 이야기하고 있었다.

백무성은 적호가 짓는 한숨이 안도의 한숨이란 것을 알지 못했다.

“그를 이해할 수 있겠나?”

“네. 이제는 알겠습니다.”

“그럼 됐네.”

백무성이 술병을 건넸다.

“그거 마시고 다 잊으시게.”

적호가 술을 마셨다.

“절 용서해 주시는 겁니까?”

“용서는 우리 쪽에서 빌어야지.”

백무성이 자리에서 일어났다.

적호가 뒤따라 일어났다.

“젊었을 때는, 실수를 했을 때 진심 어린 사과면 충분하다고 생각했네. 나이가 드니 속물이 되더군. 그깟 입으로 하는 사과

백 번, 천 번 받으면 뭐하냐는 생각이 들더란 말이지."

백무성이 품 안에서 무엇인가 꺼냈다.

"그래서 고민했네, 사죄의 뜻으로 자네에게 뭘 주면 될까 하고."

백무성이 건넨 것은 한 장의 종이였다.

맹주의 직인이 찍힌 그 종이는 바로 어딘가의 출입 허가증이었다.

군맹서가(群盟書家).

그곳은 바로 신군맹의 비급 보관소였다.

"맹주님의 허락하에 제자들과 최고위층만 들어갈 수 있는 곳이지."

신군맹이 그동안 모아온 무공비급들이었다. 무공서는 물론이고 일반 서적도 수만 권이나 보관된 곳이라 알려져 있다. 군맹서가에 없는 책은 강호에 없는 책이다란 말이 있을 정도였다.

"강호인이라면 단 일각만이라도 들어가 보고 싶어하는 곳이 바로 그곳이네. 이곳에서 사흘 동안 머무를 수 있는 허가증이네."

군맹서가에 있는 그 대단한 비급들을 생각해 볼 때, 그야말로 엄청난 선물이었다.

"너무 과분한 선물이십니다."

백무성이 감격한 표정의 적호를 보며 싱긋 웃었다.

"맞네. 분명 과한 선물이지. 그러니 잊지 말아주게, 내가 과분한 선물을 주었다는 것을."

"대공자님!"

"또 놀러 오지."

백무성이 그곳을 나섰다.

그가 사라지고 나자, 적호의 표정이 바뀌었다.

한껏 상기된 표정이 담담해졌다. 얼굴에 가득했던 감격은 이미 사라졌다.

강한 무공에 대한 열망은 가장 큰 위험이다. 강호의 모든 비극은 거기서 시작되는 법이다.

수라팔절만 해도 충분했다. 이미 대성을 이룬 수라팔절이지만, 그 극의를 보려면 평생을 갈고닦아야할 것이다.

하지만 적호는 그곳에 가볼 것이다.

때마침 요즘 꼭 필요한 것이 한 가지 있기 때문이다.

＊　　　＊　　　＊

백미관에 사흘간 쉬겠다는 기별을 보내고 군맹서가로 향했다.

홍매랑의 생일을 며칠 앞둔 백미관은 벌써부터 들떠 있었는데, 다행히 생일은 사 일 후였다.

군맹서가는 내당에서도 가장 깊숙한, 그러니까 신군맹주의 처소와 그리 멀리 떨어지지 않은 곳에 있었다.

허가증이 있었지만, 적호는 마차에 실려 이동을 해야 했다.

물론 창문이 없는 마차였고, 마차는 일부러 여러 곳을 빙글빙글 돌아 마차에 탄 사람이 감각으로 길을 외우지 못하게 했다.

게다가 내당으로 향하는 제삼관문은 앞서의 관문들과는 차원이 달랐다. 무인들의 수준도, 그 출입 제한의 엄격함도 비교조차 불허했다. 군맹서가는 그만큼 철통같은 경계를 거쳐야만 도착할 수 있는 곳이었다.

이윽고 내당의 가장 깊숙한 곳에 들어선 마차에서 적호가 내렸다.

서가 앞을 지키는 무인들 역시 백미관에 식사를 하러 오는 수호당 무인들과는 수준이 달랐다. 그곳을 지키는 스무 명 중 다섯 명이 절정에 이른 고수들이었다.

서가 수호당주가 적호에게 몇 가지 사항을 알려주었다.

"허용된 시간은 지금부터 정확히 사흘이오. 안에 따로 취사 구역과 취침 구역이 있소. 그리고 나오시기 한 시진 전에 우리가 알려줄 것이오. 제시간에 나오지 않으면 체포될 거요. 알겠소?"

"알겠소."

적호가 안으로 들어섰다.

작은 대청 너머 또 다른 문이 있었다.

문을 열자 눈앞에 장관이 펼쳐졌다. 끝이 보이지 않는 너른 공간에 책장이 수없이 늘어서 있었다. 책장마다 책이 빽빽이 꽂혀 있었다.

적호가 훌쩍 책장 위로 몸을 날렸다. 밑에서 보던 것과 또 다른 광경이었다.

수백, 수천 개의 책장이 줄을 맞춰 서 있었는데 그 끝이 보이지 않았다. 보는 것만으로도 질릴 정도였다.

사흘이 아니라 평생을 있어도 이곳에 있는 책을 다 훑어보지 못할 것이란 생각이 들었다.

다행히 이 책의 미로에서 무작정 헤맬 필요는 없었다.

입구 쪽 벽에 어느 장소에 어떤 책들이 보관되어 있는지 자세히 적혀 있는 커다란 지도가 붙어 있었다.

적호가 찾은 곳은 바로 비도술에 관련된 책이 보관된 위치였다.

적호가 끝을 보려고 마음먹은 무공은 모두 셋이었다.

경지에 이르면 가장 효과적인 방법으로 보이는 모든 공간을 지배할 수 있는 세 가지 무공, 바로 수라팔절과 무영십삼수, 그리고 비도술이었다.

천하팔대절학 중 하나로 심오한 오의가 담긴 수라팔절은 물론이고, 수라염왕이 말년에 완성해 낸 무영십삼수는 완벽한 무공이라 할 수 있었다.

문제는 비도술이었다. 적호가 익힌 비도술은 실전에서 혼자 터득한 것이다. 워낙 무공 경지가 높아 그것만 해도 제법 강력한 위력을 발휘하지만, 기초가 아예 없는 터라 더 이상 발전시킬 수 없었다.

이번 기회에 비도술과 관련한 괜찮은 무공을 익힐 작정인 것이다.

적호가 천천히 걸음을 옮겼다. 비도술에 관련된 곳으로 걸어갔다.

검술, 도법, 권법, 내공, 봉술, 장법, 수법, 지법…….

그야말로 강호의 거의 모든 비급들이 다 모여 있었다. 물론 그렇다고 마교 교주의 무공이나 구파일방의 최고절기, 천하팔대절학 같은 고절한 무공들이 보관되어 있지는 않았다.

하지만 강호에 알려지진 않았지만, 그 무공들에 못지않은 강력한 무공들이 있을 가능성은 충분히 있었다.

물론 책 권수가 워낙 많아 기연이 있지 않고서는 만날 수 없었다. 이곳에 출입이 허가된 사람들은 신군맹에서도 거의 최고의 권력을 지닌 이들이었다. 제한된 시간만 출입할 수 있었고 그것도 비급을 빌려 나가거나 필사할 수도 없었다.

검에 관한 비급은 한 번쯤 훑어보며 갈 수도 있었는데, 적호는 묵묵히 걸음을 옮겼다.

견물생심이라고 했다. 공연히 보면 읽고 싶고, 읽으면 연구해 보고 싶은 것이 무인의 마음이다.

강호에 검을 쓰는 이가 가장 많듯, 검술에 대한 구역은 한참을 걸어도 끝이 나지 않았다.

이윽고 적호가 비도술의 비급이 꽂힌 구역에 도착했다. 검술이나 도법에 비하면 채 십분의 일도 안 되는 크기였지만, 이것만 해도 천여 권은 족히 넘을 것 같았다.

주어진 시간은 사흘뿐이었다. 적호가 크게 심호흡을 하고 마음을 안정시켰다. 이왕 이곳에 온 이상, 좋은 무공을 얻어갈 수 있기를 바랐다.

적호가 천천히 책장을 살폈다.

비도술과 관련해서 정말 많은 비급들이 보관되어 있었다. 애초에 어떤 비급을 찾으려는 것이 아닌 이상, 이 중에서 쓸 만한 무공을 찾아내는 것은 사흘에 가능한 일이 아니란 생각이 들었다. 더구나 비도술에 조예가 깊다면 모를까, 비도술이라면 초짜나 다름없었다.

적호가 눈에 띄는 비급을 꺼냈다.

홍가비술(洪家匕術).

서두에 산동의 명문 홍씨세가의 독문무공이라 소개되어 있었다.

홍씨세가란 가문을 들어본 적이 없으니, 적어도 세가란 말은 잘못된 것이리라. 처음부터 신뢰가 떨어졌지만 적호는 천천히 다음 장을 읽어나갔다.

생각보다 엉터리 무공은 아니었다. 하지만 그들 고유의 내공심법을 익혀야 이 비도술을 완벽히 익힐 수 있었다.

적호가 다시 책을 제자리에 꽂았다. 비도술의 비급이 있는 것으로 봐서 내공 쪽을 찾아보면 홍가의 내공심법도 보관되어 있을 것 같았다.

물론 적호는 그렇게까지 해서 홍가비술을 익힐 생각은 추호도 없었다.

적호가 다음 책을 꺼냈다. 이번에도 그냥 손이 가는 대로 꺼냈다.

비도고수열전.

무공서가 아니라 비도술의 고수에 대해 서술한 책이었다.

흥미로운 눈빛으로 적호가 책장을 넘겼다.

저자는 지난 오십 년 이내의 모든 비도술의 고수들을 언급하면서 순위까지 나눠놓았다.

자연 가장 먼저 눈이 간 곳은 일위였다.

제일위 개벽비도(開闢飛刀) 훤양.

그때 적호의 귓가에 들려온 한마디.

"엉터리네."

순간 적호의 심장이 철렁 내려앉았다. 강호에 출도한 이래 이렇게 놀란 적은 처음이었다.

노인 하나가 어깨를 나란히 하고 자신이 보고 있는 책자를 들여다보고 있었다.

누군가 이렇게 가까이 와 있는 것을 몰랐다는 말은, 달리 말하면 그가 마음만 먹었다면 치명적인 공격을 당했을 수도 있다는 말이었다.

적호가 천천히 노인을 향해 고개를 돌렸다.

적호의 놀람에도 불구하고 노인은 자신의 말을 계속 이어나갔다.

"훤양은 말년에 자신의 비도술에 치명적인 허점이 있다는 것을 알아차렸지. 그는 평생을 익혀온 자신의 무공에 대한 자부심이 무너지자 결국 스스로 목숨을 끊었지. 그의 무공은 자네가 보고 있는 이 책만큼이나 쓸모없는 것이네."

말을 마친 노인이 슬쩍 고개를 돌려 적호를 쳐다보았다. 눈빛이 이기어검처럼 날아와 적호의 심장을 가르듯 파고들었다. 단 한순간에 모든 것이 까발려진 느낌, 정말 대단한 기도였다.

적호는 단연코 이렇게 대단한 존재감을 지닌 강호인을 만나본 적이 없었다.

비교할 만한 상대는 오직 사부님이었는데, 사부님조차 이 노인의 존재감에 비할 수 없었다.

노인이 불쑥 물었다.

"한데 여긴 어떻게 들어왔나?"

"백 공자께서 특별히 출입을 허가해 주셨습니다."

"큰애?"

순간 적호는 이 노인이 누군지 알 수 있었다.

신군맹주 무신 천아성.

처음 그를 봤을 때 떠올랐던 이름이었다. 그가 아니고서 이렇게 대단한 존재감을 드러낼 무인은 없을 것이다. 그냥 있는데도 이 정도의 기도라면, 싸울 때의 그의 기도는 상상이 가지 않았다.

과연 노인은 적호의 짐작대로 천아성이었다.

천아성의 외모는 그 기도만큼이나 특별했다. 노인답지 않은 큰 키에 산발한 머리는 사방으로 뻗어 있었고, 두 눈은 불이라도 뿜어져 나올 것같이 강렬했다. 전체적으로 선이 굵어, 사내답다는 느낌을 주었다. 저음의 목소리 역시 영혼을 울리는 듯 나직하지만 힘이 있었다.

문득 사부님의 말씀이 떠올랐다.

"너보다 강한 상대를 만났을 때, 네가 할 일은 단 하나다. 그가 뿜어내는 기도에 자연스럽게 몸을 실어라. 유능한 뱃사공이 폭풍을 이겨내는 방법도 그와 같다. 폭우에 맞서려 하지 말고, 자연스럽게 흘러가는 것이다. 하지만 절대 어디로 흘러가고 있는지 잊어서도, 노를 놓쳐서도 안 된다."

적호는 그 말씀에 어떤 뜻이 담겨 있는지 이제는 정확히 안다.

고수는 노련하다. 비단 싸움을 할 때만 노련한 것이 아니다. 실력에서 오는 여유는 평소 대화에서도 상대를 압도하고 자신의 분위기로 이끌어간다. 상대는 바로 그 고수들 중 정점에 있는 자다.

적호가 크게 심호흡을 했다. 당황하지 말고 차분하게 그를 대하는 거다.

"자넨 누군가?"

"십이귀병의 적호입니다."

“십이귀병?”

한 번 고개를 갸웃한 천아성이 곧 십이귀병을 기억해 냈다.

“아, 알고 있네.”

천아성이 맹의 일에 전혀 관심이 없다는 소문은 사실이었다.

“뵙게 돼서 영광입니다, 맹주님.”

적호가 정중히 고개를 숙였다. 차분하고 당당한 모습이었다.

“날 아는가?”

“오늘 처음 뵙습니다.”

“흐음, 그래?”

천아성의 시선이 적호를 빠르게 훑어갔다. 자신도 분명 초면인데, 왠지 인상 깊었다.

“한데 이곳에서 뭘 하고 있나?”

“보시다시피 비도술에 관한 비급을 찾고 있습니다.”

적호가 들고 있던 책을 스윽 들어 보였다.

“너 같은 출중한 아이가 비도술은 왜?”

천아성은 한눈에 적호의 성취를 꿰뚫어 봤다. 그 앞에서 무공을 숨기는 일은 무의미했다.

“실전을 주로 뛰다 보니 비도술이 필요해서입니다.”

적호는 솔직함을 넘어 한술 더 떴다.

“하나 골라주시겠습니까?”

천아성이 천천히 책장을 살피더니 구석에서 비급 한 권을 꺼냈다.

“이건 꽤 쓸 만하지.”

노인이 내민 비급을 적호가 받아 들었다.

뇌전비(雷電匕).

이름만으로도 강력해 보이는 무공이었다. 앞서 비도고수열
전 삼위에 기록되어 있던 무공이었다. 적호가 앞부분에 서술
된 부분을 읽었다.
　"…대성에 이르면 비도가 눈에 보이지 않게 날아간다. 마치
벼락이 내리치는 것 같아 뇌전비라 부른다. 대단한 무공이군
요."
　적호가 고개를 들었을 때, 이미 천아성은 사라지고 없었다.
나타났을 때처럼 사라지는 것 역시 적호는 느끼지 못했다.
　적호가 한숨을 내쉬었다. 이곳에서 그를 만나게 될 줄은 정
말 꿈에도 생각지 못했다.
　문득 일부러 대공자가 자신을 이곳에 보낸 것이 아닌가 하
는 생각이 들었다.
　하지만 이내 그건 아니라고 생각했다. 일단 그럴 이유가 없
었다. 천아성 역시 자신을 기다린 것 같지 않았다.

　천아성이 다시 나타난 것은 그로부터 세 시진 후였다.
　"이게 뭔가?"
　천아성이 적호의 손에 들린 것을 빼앗아갔다.
　"이런 쓰레기를 왜 들고 있나?"

적호가 들고 있던 비급은 천아성이 골라준 뇌전비의 비급이
아니었다.

천아성이 사라지고 난 후, 적호 스스로 고른 비급이었다.

폭풍십이비(暴風十二匕).

"이류가 있고, 삼류가 있겠지만 무공 자체가 어찌 쓰레기겠
습니까? 제 안목이 쓸모없는 거겠지요."

"내가 읽으라고 골라준 것은?"

"저기 있습니다."

한옆에 뇌전비의 비급이 놓여 있었다.

"그런데 왜 이것을 읽지?"

천아성의 인상이 굳어졌다. 그는 자신의 감정을 굳이 속이
려 들지 않았다.

그건 적호 역시 마찬가지였다.

"뇌전비는 제게 맞는 무공이 아니었습니다. 강맹한 위력만
큼이나 내력 소모가 극심하더군요. 제게 필요한 비도술은 내
력이 바닥나거나 급한 상황에서 임시로 쓸 수 있는 무공입니
다."

적호가 당당하게 얘기하자 천아성의 노기가 조금 가라앉았
다.

"그래서 이걸 골랐다?"

"그냥 와 닿았습니다."

"와 닿았다?"

"네."

사실이었다. 뇌전비에 대해 읽어보니 자신에게 맞는 무공이 아니었다. 그래서 다시 책장을 살폈다. 천천히 훑어보는데 이 비급이 눈에 띄었다.

폭풍십이비는 대성을 이루면 열두 자루의 비도를 한꺼번에 던질 수 있는 무공이었다. 무공 자체는 특이한 것이 없었다. 평범했지만 기본에 충실한, 그래서 내공보다는 초식에 중심을 둔 무공서였다.

적호는 오히려 이 무공이 자신에게 맞다고 판단했다. 비도술에 기본 내력 이상을 소모해야 한다면 차라리 검을 사용해 적을 제거하는 게 훨씬 효율적일 것이다. 끝으로 십이귀병에 속해서인지 열둘이란 비도 숫자도 마음에 들었다.

"와 닿는다? 와 닿아?"

천아성이 그 말을 몇 번이나 반복했다.

"왜 이리 이 말이 낯선가?"

천아성이 고개를 갸웃한 후 물었다.

"무공을 연마함에 있어 와 닿는다는 것이 무슨 뜻인가?"

적호는 그가 단어의 뜻을 몰라서 묻는 것이 아니란 것을 알았다. 천아성은 지금 자신이 도달하지 못한 초절정의 경지에서 헤매고 있었다.

"무공은 자고로 머리로 배우는 부분이 있고, 몸으로 배우는 부분이 있고, 가슴으로 배우는 부분이 있다고 배웠습니다."

천아성의 눈빛에서 순간 이채가 발했다.

"그런데?"

"와 닿는다는 부분이 바로 가슴으로 배우는 부분입니다. 아무리 훌륭한 무공이라도 가슴에 와 닿지 않으면 완전히 제 것이 되지 않는다는 겁니다."

"누가 한 말이냐?"

"제 사부님께서 해주신 말씀입니다."

천아성은 그 자리에 서서 생각에 빠져들었다.

별것 아닌 것이 무공 연마에 있어 큰 심득이 될 수도 있다는 것을 누구보다 잘 아는 적호였다.

적호는 조용히 뒤로 물러서 읽던 비급을 계속 읽었다.

폭풍십이비는 모두 열두 초식으로 이뤄져 있었다.

제일초식 십이명(十二明), 제이초식 십이행(十二行), 제삼초식 십이식(十二識), 제사초식 십이색(十二色), 제오초식 십이처(十二處), 제육초식 십이촉(十二觸), 제칠초식 십이수(十二受), 제팔초식 십이애(十二愛), 제구초식 십이취(十二取), 제십초식 십이유(十二有), 제십일초식 십이생(十二生), 끝으로 마지막 제십이초식 십이사(十二死)가 바로 그것이었다.

천아성도 천아성이지만, 사흘 안에 비급을 완전히 외워야 했다. 각각의 구결은 꽤나 난해하고 길었다.

한참 동안 비급 삼매경을 하다 고개를 들어보니, 천아성은 어느새 사라지고 없었다.

적호는 배가 고팠다. 이곳에 들어온 지도 벌써 네 시진이 훌쩍 지났다.

적호가 취사를 할 수 있는 곳으로 갔다. 정말 서가 한옆에 식사를 할 수 있는 공간이 있었다.

그곳에 여러 음식이 준비되어 있었다. 육포나 벽곡단은 물론이고, 삶은 옥수수와 감자 등의 간단한 음식부터 구운 오리와 닭 요리까지 있었다. 아마도 매일 이곳에 요리를 제공하는 전담 숙수가 있는 모양이었다.

적호가 육포를 먹었다. 일반 육포와 그 맛이 차원이 달랐다. 부드러웠고 쫄깃했다.

다음으로 오리를 맛보았다. 일류 객점의 요리보다 더 맛이 좋았다. 최고위층만 오는 곳이라니 어쩌면 당연한 일이었다.

식사를 마친 적호가 다시 원래 자리로 돌아왔을 때, 천아성이 와 있었다.

"식사는 하셨습니까?"

적호의 물음에 천아성이 그딴 것은 지금 중요한 것이 아니란 표정으로 황급히 말했다.

"네 사부가 누구냐?"

적호는 이 대답만큼은 제대로 하면 안 된다고 생각했다.

"칠 년 전에 돌아가셨습니다. 평생 강호에 나서지 않으셨으니 아무도 알지 못한다고 하셨습니다."

"아쉽군, 아쉬워."

천아성은 진심으로 아쉬워했다.

그는 분명 사부가 살아 있다는 것을 알았다면 찾아가려 했을 것이다. 무공에 대해 이야기를 나눌 수 있다면 그는 거지와도 뒹굴 것이고, 살수와 겸상도 할 것이다. 그의 명예나 체면은 무의 완성에 비하면 아무것도 아니었다. 소문 속의 그는 그러했다. 그리고 실제로도 그래 보였다.

"근래 무공에 진전이 없었다. 그게 벌써 삼 년째다. 여러 방법을 다 동원해 봤지만 아무 효과가 없었지. 그래서 가끔 머리를 식히러 이곳에 온다. 여기 있는 비급들을 뒤적거리다 보면 때론 자극이 되곤 하지. 물론 대부분 반면교사의 배움이었다."

말 그대로 거기까지였다. 그 자극들이 천아성의 막힌 부분을 뚫어내진 못했다.

"그런데 아까 네 말을 듣고 문득 깨달은 바가 있다. 와 닿는다는 말. 요즘 많은 고민을 했고, 비급을 읽었지만 오직 목적은 내 무공의 진전을 위해서였다. 머리와 육체로만 무공을 대한 것이지. 그러니 가슴으로 와 닿는 부분이 없었다."

천아성이 가볍게 탄식했다.

"오만했던 것이다. 이제는 가슴으로 무공을 대할 시기가 지났다고 생각하고 있었던 것이다."

적호는 말없이 그의 말을 듣고 있었다.

무신이라 불리는 그도 이런 고민을 하고 있다는 것이 신선한 충격이었다. 물론 같은 고민이라도 그 차원은 완전히 다르겠지만.

천아성이 어찌 그것을 몰라서 내 말에 깨달음을 얻었다고 하겠는가?

문제는 시기일 것이다.

세상사 모든 일에는 언제나 시기라는 것이 있을 것이다. 같은 말을 들어도 그 받아들이는 것이 지금과 십 년 후가 다르듯이, 같은 깨달음이라도 시간이 지나면 완전히 다르게 느껴진다.

천아성은 잠시 잊고 있었던 것을 오늘 상기한 것이다.

천아성의 이야기를 들으면서 적호도 지난 세월 사부님께 들었던 많은 가르침들이 불현듯 떠올랐다.

"그래서 도움이 되셨습니까?"

"물론이다."

천아성이 무엇을 깨달았는지 알 수는 없다. 하지만 그의 눈빛은 분명 처음 만났을 때와 달라져 있었다.

"고맙구나."

"별말씀을."

적호가 고개를 숙였다.

다시 고개를 들었을 때, 천아성은 사라진 후였다.

다음날 오후, 다시는 오지 않을 것 같았던 천아성이 다시 모습을 나타냈다.

"잘돼가느냐?"

적호가 솔직히 대답했다.

"일단 외우고 있습니다."

"일단 외운다? 왜냐?"

"제게 주어진 시간이 사흘밖에 없습니다. 아니, 이제는 이틀입니다. 비급을 외워 나가기에도 촉박한 시간입니다."

천아성이 손을 내밀었다.

"그거 이리 줘보거라."

적호가 들고 있던 비급을 그에게 건넸다.

천아성이 빠르게 비급을 읽어갔다. 읽던 도중 천아성이 감탄을 내뱉었다.

"오호! 이것 봐라?"

생각 밖의 내용이 적혀 있는 듯 보였다. 그냥 대충 훑어만 볼 것 같던 천아성은 반 시진에 걸쳐 비급을 정독했다.

이윽고 비급을 덮으며 천아성이 적호를 보며 말했다.

"이것을 어떻게 골랐느냐?"

"그냥 손이 갔습니다."

"운이 좋은 녀석이구나. 나쁘지 않다. 술(術)로만 따지면 능히 열 손가락 안에 들어갈 만한 무공이다. 하지만 전반적인 기술은 좋은데 힘이 약하다. 다시 말하지만 뇌전비에 비할 무공이 아니다. 그런데도 정말 이것으로 익힐 작정이냐?"

"그렇습니다. 누구에게는 똥이지만, 누구에게는 소중한 거름이 될 수도 있는 법이지요. 반대로 누군가에게는 친우까지 죽일 비급이겠지만, 또 다른 누군가에게는 똥 닦을 휴지보다 못할 수도 있겠지요. 뇌전비는 제게 필요없는 무공입니다."

천아성의 입가에 묘한 미소가 지어졌다. 자신이 무엇인가를 권했을 때 이렇게 자신의 의견을 분명하게 주장하는 이를 근래 본 적이 없었다. 그냥 잠시 고마움만 전하고 돌아가려던 마음이 변했다.

"그래서 이것을 익히려고 외우고 있다?"

"그렇습니다."

"이깟 것을 익히는 데 비급을 외우고 자시고 할 필요가 어디 있겠느냐?"

"네?"

"다 익히고 나가거라."

"제가 나갈 시간이 고작 이틀 남았습니다."

"이틀이면 충분하다."

천아성이 비급을 넘기기 시작했다.

"지금부터 내가 하는 말을 잘 듣도록 해라."

천아성이 폭풍십이비에 대해 무론을 펼치기 시작했다. 그야말로 학관의 선생이 학생들을 가르치듯 강론을 펼치기 시작한 것이다.

적호는 자신에게 엄청난 행운이 찾아왔음을 깨달았다. 기회가 오면 결코 놓치지 않으려는 것은 적호의 기질이었다.

적호가 적극적으로 배우기 시작했다. 모르는 것은 곧바로 질문했고, 천아성이 자세히 풀어서 알려주었다.

"자, 지금까지 배운 대로 한 번 던져 보거라."

"알겠습니다."

적호가 품에서 비수를 꺼냈다. 이번에 마련한 것으로, 아직 손에 익지 않은 새 비수였다. 그런데 결과적으로 새로운 무공을 펼치는 데 도움이 되었다. 오랫동안 사용한 비수는 반드시 어떤 습관 같은 것이 생겨 있었다. 하지만 새로운 무공을 익히는 데는 그것이 방해가 되었다.

쉭쉭쉭쉭쉭쉭!

비수 일곱 개가 허공을 갈랐다.

정확히 날아간 비수가 한쪽 벽에 일렬로 박혔다. 한 치의 오차도 없이 정확한 간격이었다.

천아성이 당연하다는 표정으로 고개를 끄덕였다.

"됐다. 이제 오성은 넘어섰다."

적호가 깜짝 놀랐다. 단 일각도 되지 않아 오성을 넘긴 것이다.

"정말입니까?"

"그렇다. 세세한 부분들은 나중에 보충하도록 하라."

그 말이 무엇인지 알 수 있었다. 지금은 핵심만을 익혀 나가고 있는 것이다. 뿌리와 줄기를 세우는 작업이었다. 뿌리와 줄기만 튼튼하면 잎과 꽃은 자연히 피게 될 것이다.

천아성이 다시 자리에 앉았다.

"뭐하느냐? 이리 오지 않고?"

"아, 네."

담대한 적호지만 정말 이 순간만큼은 당황했다.

사실은 당연한 결과였다. 무신의 경지에 이른 천아성이 직접 강론하고, 초절정에 이른 적호가 배우고 있었다. 게다가 평소 실전을 통해 비수를 사용하는 적호였다. 오성까지는 그냥 곧장 도달할 수 있는 정도였던 것이다.

다시 천아성의 강론이 시작되었다.

적호는 온 정신을 집중했다.

천아성이 가르쳐 준 것은 폭풍십이비였지만, 적호가 배운 것은 단순한 비도술이 아니었다.

강호제일고수의 무리에 대한 심득(心得)이었다. 백무성이나 주화인조차 들은 적 없는 강론이었다. 일성, 일성 올라가는데 걸리는 시간이 점점 늘어났다.

하지만 두 사람은 시간 가는 줄 모르고 연성에 몰입했다.

第三十章
풍양

절대
강호

이틀 후, 한쪽 벽에 열두 자루의 비수가 일렬로 박혀 있었다. 한 치의 오차도 없는 규칙적인 간격이었다.

"축하한다. 넌 지금 막 폭풍십이비의 대성을 이루었다."

천아성이 환하게 웃으며 말했다. 정말 불과 이틀 만에 적호는 폭풍십이비의 대성을 이룰 수 있었다.

물론 대성을 이뤘지만, 진정한 폭풍십이비를 완성시키는 것은 이제부터였다. 방법론을 터득한 것에 불과했다. 하지만 대부분의 강호인들은 그조차 도달하지 못하고 평생을 허비하고 만다.

적호가 폭풍십이비의 구결을 모두 외우고 나갔다 하더라도, 대성을 이루려면 몇 년이 걸릴지 모를 일이었다. 그것이 불과 이틀 만에 이뤄진 것이다.

그건 강호의 그 누구도 믿지 못할 일이었다.

천아성조차 정말 적호가 이틀 만에 대성을 이룰 줄은 생각지 못했다. 그만큼 빨리 이룰 수 있다는 뜻으로 했던 말이었다.

강호인들이 알게 된다면 무신의 신화가 또 하나 만들어지게 될 것이다. 모두들 과연 천아성이라고 엄지손가락을 치켜들 것이다. 모든 칭송은 천아성에게 집중될 것이다.

하지만 정작 천아성 본인만은 이 신화가 자신만의 것이 아님을 알 것이다. 그는 적호에게 진심으로 감탄하고 있었다. 적호는 열을 가르치면 스물을 깨우쳤다.

진정한 가르치는 행위는 단지 자신의 물을 퍼주는 것이 아니다. 퍼주면 퍼줄수록 물은 더욱 맑아지고 깊어지는 것이다. 이번의 가르침으로 천아성이 경험한 것이었다.

가만히 적호를 응시하던 천아성이 말했다.

"네 본 얼굴을 한 번 볼 수 있겠나?"

놀랍게도 그는 적호가 천변백면공을 사용하고 있음을 꿰뚫어 보고 있었다.

"죄송합니다만, 십이귀병의 신원 보호는 맹칙으로 보호받고 있습니다. 맹주님께서 만드신 법이지요."

"하하하하!"

적호가 재치있게 빠져나가자 천아성이 기분 좋게 웃었다.

대성을 이룬 것은 적호지만 정작 더 큰 깨달음을 얻은 것은 천아성이었다. 꽉 막혀 있던 무엇인가가 이번 만남을 통해 어느 정도 뚫렸다는 것을 느끼고 있었다.

천아성은 적호가 마음에 들었다.

지금까지 자신을 대하는 이들의 행동 방식은 언제나 몇 가지 범주를 넘어서지 못했다.

그런데 적호는 달랐다. 예의를 지키면서도 서로 간의 거리를 유지했다. 잘 보이려고 다가서지도 않았고, 그렇다고 두려워하지도 않았다.

"첫째와는 어떤 사이냐?"

그걸 이제 묻는 것만으로도 적호는 천아성의 성격을 알 수 있었다.

"잘 모르겠습니다."

천아성이 미소를 지었다. 그것은 마치 백무성이란 아이의 성격을 네가 가장 잘 표현했다는 그런 미소 같았다.

"어딜 가야 널 볼 수 있느냐?"

이번에는 적호가 미소를 지으며 대답했다.

"맹주님이시라면… 지나가던 아무에게나 물어봐도 알려줄 겁니다. 탁자를 닦던 시비도 알겠지요."

적호가 그 자리에 엎드려 정중히 절을 올렸다.

"베풀어주신 가르침, 잊지 않겠습니다."

적호가 몸을 일으켰을 때, 천아성은 이미 어디론가 사라지고 난 후였다.

                    *   *   *

　다음날 저녁, 홍매랑의 생일축하연이 적호의 숙소에서 벌어
졌다. 백미관에서 열자는 것을 공사를 구분해야 한다며 홍매
랑이 극구 사양하는 바람에 장소를 물색하다 보니 너른 마당
이 있는 적호의 집으로 결정되었다.

　적호는 흔쾌히 장소를 제공했다.

　"홍매, 축하하네."

　적호가 미리 준비한 선물을 건넸다.

　홍매랑이 조금 들뜬 표정으로 선물을 뜯었다. 안에 든 것은
분홍빛이 아름다운 비단옷이었다.

　"이제 봄도 되었고 해서."

　"이런 옷을 언제 입는다고요! 비싸 보이는데 대체 얼마나 주
고 샀어요?"

　괜히 마음에도 없는 소리로 목청을 높였지만 홍매랑은 크게
감격한 표정이었다.

　"축하드려요!"

　홍매랑 주위로 사람들이 모여들었다.

　진심으로 축하하는 사람들의 표정만 봐도 그녀는 백미관에
서 없어서는 안 될 사람이란 것을 잘 알 수 있었다. 백미관의
여장부로 아랫사람을 대하는 데 항상 공평한 그녀였다. 잘하
면 칭찬했고, 잘못하면 야단쳤다. 더 친하고 친하지 않고를 구
별하지 않았다. 그래서 모두들 그녀를 좋아했다.

근래 일에 집중하지 못하던 소운도 적호를 만난 이후 달라
졌다. 일도 열심히 했고, 표정도 눈에 띄게 밝아졌다. 그녀도
진심으로 홍매랑을 축하했다.

공숙이 특별히 만든 요리가 모두를 기쁘게 했다. 오랜만의
연회가 최고조에 달했을 그때였다.

덜컹! 거칠게 문이 열리며 그곳으로 누군가 들어섰다.

앞장선 사람은 바로 풍양이었다.

그 뒤로 십여 명의 무인이 뒤따라 들어왔다. 복면을 착용한
그들은 하나같이 섬뜩한 기운을 풍겨내고 있었다.

복면인들이 사방으로 흩어지며 백미관 식구들을 포위했다.

채앵!

그들이 뽑아 든 검이 백미관 식구들의 목에 겨눠졌다.

풍양이 그들을 스윽 훑어보며 물었다.

"백미관주 진호가 누군가?"

적호는 그 자리에 없었다.

풍양이 다시 한 번 소리쳐 물었다.

"백미관주가 누구냐고 물었다. 더 이상 묻지 않겠다."

그의 살기에 찬 물음에 홍매랑이 대답했다.

"관주님은 지금 안 계십니다."

방금 전까지 옆에 있던 적호였다. 한데 어느샌가 사라지고
없었다.

풍양이 싸늘히 말했다.

"다 죽여 버리고, 놈을 찾아라."

그의 명령이 떨어지는 그 순간.

쉭!

"끄윽!"

복면사내 하나가 외마디 비명을 내지르며 쓰러졌다.

비수로 그의 심장을 찌른 사람은 바로 소운이었다. 소운이 복면사내의 검을 쥐었다. 복면인들이 달려들어 합공하려는 것을 풍양이 손을 들어 제지했다.

소운이 검을 겨누며 소리쳤다.

"너희는 대체 누구냐?"

그러자 풍양이 코웃음을 쳤다.

"그러는 네년은 누구냐?"

소운의 아름다운 외모가 아니었다면 대화의 기회는 없었을 것이다. 소운의 미모는 나이 든 풍양의 마음조차 흔들었다.

"자고로 쥐꼬리만 한 예의라도 배운 자라면 남의 집을 방문했으면 자기소개를 먼저 하는 법이지."

소운이 겁을 먹지 않고 당당히 맞서자 오히려 풍양이 껄껄 웃었다.

"하하하, 제법 기개가 있는 년이구나."

소운은 상대의 기도가 범상치 않음을 알아차렸다. 복면인들 역시 제법 실력이 있는 자들이었다. 생각지 못한 기습이었기에 성공했지, 정면으로 붙었으면 단시간에 제압할 수 없었을 것이다.

풍양이 웃으며 말했다.

"좋아, 말해주지. 노부는 바로 일검십살이다."

소운이 깜짝 놀랐다.

"일검십살 풍양? 음사권의 사부?"

그녀의 입에서 제자의 이름이 나오자, 풍양의 표정이 일순 굳어졌다.

소운이 빠르게 물었다.

"당신이 왜 우리 관주님을 찾는 거요?"

그녀의 목소리는 떨리고 있었다. 풍양의 실력은 아주 유명했다. 자신이 절대 감당할 수 있는 실력이 아니었다.

"그건 네년이 알 바 없다. 한데 넌 어찌 내 제자를 알고 있는 것이냐?"

"그건……."

우물거리던 소운이 한층 누그러진 태도로 말했다.

"선배께서 뭔가 오해를 한 듯합니다."

"오해?"

"우리 관주님은 그 일과 아무 관련이 없습니다."

소운은 오해를 하고 있었다. 음사권이란 이름을 듣는 순간, 풍양이 찾아온 이유가 자신 때문이라 생각한 것이다.

음사권이 철혈구로에 입로하려다 죽었다는 사실은 그녀도 잘 알고 있었다. 철혈구로와 관련된 일이라면, 분명 자신의 일이라 생각했다.

"제자의 일은 저와 관련되어 있습니다. 저를 데려가시고, 이들을 모두 풀어주시지요."

사악련을 통해 듣기론 이들의 관주가 제자를 죽인 흉수라고
했는데, 이렇게 대단한 미녀가 나서서 자신이 벌인 일이라 하
자, 풍양의 입장에서는 뭔가 미심쩍고 혼란스러웠다.

"좋다! 일단 네년은 이리 나와라."

"그전에 이들을 모두 물리세요!"

"건방진 년! 감히 누구에게 명령을 하는 것이냐!"

풍양을 노려보던 소운이 탄식하며 말했다.

"당신은 우리 모두를 죽일 작정이군요."

그가 스스로 일검십살임을 밝혔을 때 알아봤어야 할 일이었
다.

풍양이 싸늘히 조소했다. 궁정의 비웃음이었다.

소운이 검을 겨눴다. 풍양의 상대가 되지 않는다는 것을 알
았지만 이대로 당할 수는 없었다.

풍양이 장난치듯 말했다.

"그 미천한 실력으로 대체 누굴 구할 수 있는지 한번 볼
까?"

스윽.

십여 개의 검이 홍매랑과 공숙을 비롯한 백미관 식구들의
목에 겨눠졌다.

홍매랑이 소리쳤다.

"공숙을 구해!"

그러자 공숙이 다시 소리쳤다.

"헛소리! 홍매를 구해!"

"당신은 애들이 있잖아요!"

순간 공숙이 울컥 말을 잇지 못했다. 하지만 이내 공숙이 소리쳤다.

"다 운명인 게지. 소운, 그녀를 먼저 구해!"

그들은 소운이 풍양의 삼초지적도 되지 못한다는 것을 알지 못했다. 하지만 지금 그들로서는 소운이 유일한 희망이었다.

풍양이 어이없다는 듯 실소를 했다. 복면인들이 웃음을 터뜨렸다.

"이런 머저리들을 남겨두고 놈은 튀었단 말이지?"

풍양이 주위를 돌아보며 소리쳤다.

"백미관주, 당장 이리 나와라! 셋 동안 나오지 않으면 여기 있는 잡종들 목을 모두 베겠다! 하나!"

풍양이 빠르게 숫자를 세었다.

"둘, 셋!"

하지만 아무도 나타나지 않았다.

풍양이 인상을 그었다.

"빌어먹을! 쥐새끼 같은 놈이 벌써 달아났군. 할 수 없지."

풍양의 입에서 무정한 진짜 명령이 내려졌다.

"다 없애 버려!"

복면인들의 검이 날아들려는 그 순간.

"잠깐! 기다리시오!"

마지막 순간 적호가 모습을 드러냈다.

"잠깐 뒷간에 다녀오던 길이었소!"

사실 적호는 일부러 자리를 피했다. 풍양이 난입하기 전, 십여 개의 살기가 접근하는 것을 느끼고 슬쩍 자리를 피했던 것이다. 연에게 연락을 취한 뒤, 나무 뒤에 숨어서 지금까지의 상황을 살폈다.

적호는 그가 일검십살임을 알고 크게 놀랐다. 문제는 하나였다.

'대체 어떻게 나를 알고 찾아온 것일까?

그 말은 곧 자신의 기밀이 빠져나가지 않고는, 그가 자신의 위장 신분을 알아차릴 수 없었다.

적호가 얼굴을 바꾸지 않고 백미관주 그대로 나타난 것은, 이제 더 이상 백미관에 머무르지 못할 것이란 생각 때문이었다.

풍양이 경계의 눈빛으로 물었다.

"네놈이 백미관주 진호인가?"

"그렇소. 한데 이게 다 무슨 일이오?"

적호가 겁먹은 표정으로 주위를 돌아보았다.

"음사권을 만난 적이 있느냐?"

"음사권이 누구요? 처음 듣는 이름입니다."

"개소리!"

풍양이 버럭 소리치자 적호가 덜덜 떨며 대답했다.

"저는 일개 요리점의 주인일 뿐입니다."

풍양이 코웃음을 쳤다. 사실 적호의 연기가 하도 그럴싸해서 풍양은 사람을 잘못 찾아온 것이 아닐까란 생각이 들었다.
자신이 관련되어 있다고 소운이 나서는 바람에 더욱 그러했
다.

어쨌든 다 없애 버리면 간단한 일이었다.

"모두 없애 버려!"

그의 마지막 말이 떨어지는 그 순간.

쉭―!

한줄기 긴 바람 소리가 들렸다.

풍양이 두 눈을 부릅떴다.

스르륵. 쿵!

정확히 열 명이 쓰러지고 있었다. 데려온 복면인 모두였다.
그들 모두의 목에 비수가 박혀 있었다.

풍양은 똑똑히 보았다.

적호의 손이 번쩍하는 순간, 열 개의 비수가 사방으로 날아
갔다는 것을.

그 단 한 수에 열 명의 수하가 한 번에 당했다는 것을. 모두
들 방심하고 있었다. 하지만 아무리 방심하고 있었다 하더라
도 그들 모두를 한꺼번에 죽이는 것은 자신조차 힘든 한 수였
다.

그리고 그 와중에 자신에게도 비수 두 자루를 날렸다. 한 자
루는 피했고 다른 한 자루는 손으로 받았다.

풍양이 자신의 손에 들린 비수를 들었다. 너무나 빠르고 정
확해서 하마터면 막지 못할 뻔했다. 찢긴 손가락 사이에서 피

가 흘러내렸다.

적호가 고개를 갸웃하며 말했다.

“역시 당신까진 아직 무리였나?”

폭풍십이비의 최종초식 십이사(十二死)였다. 처음 사용해 본 초식이 마지막 초식이었다. 내력을 기반으로 한 무공이었다면 있을 수 없는 일이었다. 하지만 폭풍십이비는 초식을 기반으로 운용되는 무공이었다.

적호는 만족스러웠다. 이 정도면 수라팔절을 보조할 무공으로 과분했다. 앞으로 꾸준히 연마를 해서 완전히 무르익게 만들 과제만 남은 것이다.

백미관 식구들은 어안이 벙벙한 상태였다. 십여 구의 시체가 한꺼번에 생겼지만 오히려 현실성이 없어서 덜 무서웠다. 그리고 그 정신이 없는 와중에 그들은 관주가 자신들이 상상도 할 수 없는 고수란 것을 깨달았다.

풍양이 이를 바득 갈았다.

“네놈이구나! 네놈이 내 제자를 죽였구나!”

“그 미친 살인마 놈을 말하는 거라면 맞아. 나다, 내가 죽였다.”

풍양이 지독한 살기를 뿜어냈다.

적호가 살기에 맞서며 소리쳤다.

“지옥으로 보내주마! 그곳에서 제자 교육 다시 하도록!”

적호의 도발에 풍양이 쇄도했다.

“미친놈! 죽여주마!”

차앙!

적호가 참혼을 뽑아 들었다. 내력이 주입되자 참혼이 서늘한 한기를 뿜어냈다.

쇄애애액!

일검십살이란 별호처럼 풍양 역시 쾌검식을 사용했다.

두 사람의 검이 허공에서 십여 차례 연속해서 부딪쳤다.

챙챙챙챙챙!

모두들 넋을 놓고 그 광경을 지켜보았다. 특히 소운의 놀람은 말로 표현할 수 없을 정도였다.

'그였어!'

소운은 앞서 두 사람의 대화를 통해 관주가 적호였음을 알아차렸다.

적호의 움직임은 낯설지 않았다. 분명 자신을 위해 천라지망을 돌파하던 적호의 움직임이었다.

관주를 처음 볼 때의 그 친근한 느낌이 떠올랐다. 하지만 관주는 적호와 달라도 너무 달랐다. 심지어는 목소리까지 완벽하게 달랐다.

'바보같이!'

그녀는 당황스러우면서도 한편으론 적호가 자신을 지켜주고 있었다는 생각에 내심 기뻤다.

순식간에 십여 수를 나눈 두 사람이 뒤로 떨어졌다.

풍양이 경악했다. 상대는 자신과 비교해서 전혀 공력이 떨어지지 않았다. 아니, 수를 나누는 와중에도 놈은 자신의 시선을 한순간도 놓치지 않고 있었다. 그건 절대 쉽지 않은 일이었다.

'동수이거나 고수다!'

짧은 순간, 풍양이 내린 결론이었다.

근래 이렇게 자신을 긴장시킨 상대가 있었던가?

쿠웅!

적호가 땅을 박차며 몸을 날렸다.

풍양은 발끝에서 느껴지는 진동으로 적호가 얼마나 힘차게 날아올랐는지 알 수 있었다.

'위험하다!'

이대로라면 당하고 말 것이란 위기감이 그를 엄습했다. 대단한 한 수가 날아들 것이라고 본능이 소릴 질렀다.

허공으로 훌쩍 날아오른 적호의 검이 하늘을 향하고 있었다.

이제 곧장 자신을 향해 날아들든지, 떨어지든지 할 것이다.

풍양이 내력을 극한으로 끌어올렸다.

풍양은 두 번의 기회는 없다고 생각했다.

'그렇다면!'

쇄애애애애애애액!

지금의 그를 있게 한 비장의 한 수가 발출되었다.

한 줄기 굵은 검기가 발출되더니 이내 그것이 열 줄기로 갈라져 적호를 향해 날아들었다.

무지막지한 속도와 엄청난 위력이었다.

"아아! 안 돼!"

소운이 놀라 소리쳤다. 모두들 넋을 잃고 보고 있었지만, 소운만은 풍양의 이 한 수가 얼마나 대단한 한 수인지 알 수 있었다.

다음 순간.

내력을 끝까지 머금은 참혼이 허공을 가로질렀다.

쏴아아아악!

시원한 한줄기 바람 소리.

번쩍!

허공을 가로지른 한 줄기 검광!

동시에 적호가 몸을 비틀며 허공으로 박차고 올랐다.

다시 한 번 소운의 입에서 탄성이 터져 나왔다. 벌써 몇 호흡째 허공에 머물러 있던 적호였다. 그 상황에서 다시 허공을 박차고 날아오르는 것은 극상승의 고수만이 보여줄 수 있는 절기 중의 절기였다.

꽈앙!

적호가 떠 있던 허공에서 열 줄기의 검기가 충돌했다.

그 진동으로 주변이 크게 흔들렸다. 원래라면 풍양이 발출한 검기는 상대의 몸을 찢어발기는 그 순간까지 끝까지 뻗어 갔을 것이다. 하지만 참혼이 발출한 검광이 그의 정수리에 내리꽂히는 순간, 검기는 일제히 힘을 잃었다.

적호가 허공에서 바닥으로 내려섰다.

바로 풍양의 앞이었다. 풍양은 제자리에 가만히 서 있었다. 그의 얼굴은 벌겋게 달아올라 있었다.

"…이게 뭐지."

풍양이 힘겹게 입을 열었다. 온몸이 타는 것만 같았다. 그 열기를 억지로 내기로 억눌렀다.

적호가 그만 들리게 나직이 말했다.

"염열파(炎熱破)."

수라팔절 중 제육절 염열파였다.

풍양의 얼굴이 더욱 붉어졌다. 이미 내부 장기가 모두 익어버린 그였다. 온몸이 타오르려는 것을 억지로 막고 있었다.

그가 마지막 힘을 다해 말했다.

"대체 너는, 너는……."

적호가 그의 어깨에 손을 올렸다.

"이제 그만 가시오."

풍양의 두 눈동자가 붉어졌다. 온몸의 열기가 뇌까지 치민 것이다.

털썩.

풍양이 짚단처럼 쓰러졌다.

화르르르륵.

그와 동시에 풍양의 시신에 불이 붙었다.

활활 타오르기 시작한 그의 시신을 백미관의 식구들이 경악한 표정으로 지켜보았다.

침묵을 깬 것은 홍매랑이었다.

"관주님?"

홍매랑의 부름에 적호가 돌아섰다.

적호는 평소와 다름없는 표정으로 돌아와 있었다.

적호가 싱긋 웃으며 말했다.

"내가 말했잖아! 나쁜 놈들은 한칼에 없애 버릴 수 있다
고."

"맙소사! 그게 정말이었군요!"

홍매랑이 적호에게 달려갔다. 와락 안겨드는 그녀를 적호가
가만히 안아주었다.

"관주님!"

다른 식구들도 모두 적호에게 달려갔다.

사방에 널린 시체에서 비릿한 피 냄새가 진동하자 적호가
자신들을 구해줬다는 것이 실감났다.

적호가 그들에게 나직이 말했다.

"다친 사람 없지?"

"네."

모두들 눈물 콧물 범벅이었다.

"그럼 되었네. 이곳에서 잠시 기다리게. 맹에서 사람이 나
올 것이네. 그들이 알아서 처리할 것이니, 자네들은 아무 걱정
하지 않아도 되네."

그 말에 모두들 고개를 끄덕였다.

한옆에서 소운이 말없이 적호를 쳐다보고 있었다.

적호는 그녀가 자신의 정체를 알아차렸다는 것을 깨달았다.

어떻게 해야 할지 난감해하던 그때, 소운이 고개를 한 번 끄덕였다. 앞서 자신이 그녀를 떠나면서 해줬던 바로 그 고갯짓이었다. 거기엔 많은 의미가 담겨 있었다.

적호가 모두에게 이별을 고했다.

"그럼 나중에 보세."

그들은 이 헤어짐이 영원한 이별이란 것을 알아차리지 못했다. 다들 경황이 없었기 때문이었다.

단 한 사람은 예외였다.

"이거 한 입 먹고 가시오."

공숙이었다. 공숙이 탁자 위에 놓여 있던 요리를 가져와 내밀었다. 오늘 그가 특별히 만든 요리였다.

적호가 거절하지 않고 한 입 먹었다.

"아주 맛있군. 이 맛 잊지 못할 것이네."

공숙이 덤덤하게 말했다.

"어디서 무슨 일을 하든지 보중하시오."

그제야 모두들 왜 이런 분위기에서 공숙이 음식을 권했는지 눈치챘다. 적호가 영영 떠날 것을 안 것이다.

"관주님!"

"잘들 있게."

적호가 하나하나를 돌아보며 웃어주었다. 모두들 안타까운 표정으로 적호와의 이별을 아쉬워했다. 이제 백미관 식구들을 만나지 못할 것이다.

만나서 정이 들려니 또 이별이었다. 이 모든 일이 끝나기 전까지, 언제나 반복될 것이다.

적호가 웃으며 홍매랑에게 말했다.

"자리 자주 비우는 좋은 상관이 오길 바라네."

홍매는 고개를 숙인 채 아무 말도 하지 않았다. 옆에 선 공숙만이 그녀가 울고 있음을 알았다.

그렇게 적호가 그곳을 나왔다.

밖에서 연이 기다리고 있었다.

"괜찮으세요?"

"응."

두 사람이 천천히 걸음을 옮겼다.

"상부에 보고했으니 곧 뒷수습을 할 거예요. 소운은 삼공녀 측에서 한발 먼저 데려갈 거구요."

며칠이 지나면 또 새로운 위장 임무가 내려올 것이다.

이번에는 어디가 될지. 또 누구를 만나게 될지.

그전에 해결해야 할 문제가 있었다.

"연, 문제가 하나 있어."

"뭐죠?"

"휘각 내부에 배신자가 있어."

"네?"

연이 깜짝 놀랐다.

“내가 해치운 그자는 음사권의 사부인 풍양이었어. 결코 대공자나 삼공녀가 보낸 사람이 아니야.”

“사악련에서 보낸 자로군요.”

“맞아. 이번 사악련 작전에서 신분이 노출된 것도 그 세작 때문인 것 같아.”

“아!”

연이 고개를 끄덕였다. 이제 확실해진 것이다.

“곧바로 상부에 보고하겠습니다.”

“잠깐! 보고하지 마!”

풍양에게 염열파를 사용해 불태운 것은 시체를 남기지 않기 위함이었다.

“나에 대한 정보가 샐 정도면 놈은 비선의 모든 보고까지 장악하고 있을 거야.”

“아! 그렇겠군요.”

“섣불리 건드렸다간 놈은 달아나 버릴 거야.”

“그럼 어떻게 하죠?”

“우리가 잡아야지.”

“쉽지 않은 일입니다.”

십이귀병은 물론이고 비선들도 휘각의 지휘 계통과는 철저히 분리되어 있었다. 내당에 잠입하는 것과는 또 다른 차원의 일이었다.

“우리 중에 세작을 색출해 내는 데 가장 능한 사람이 누구지?”

“제가 알기로는 첫 번째 지지인 군서(軍鼠)입니다.”
적호가 뭔가를 각오한 눈빛으로 나직이 말했다.
“지금 당장 그를 만나야겠어.”

『절대강호』 4권에 계속…

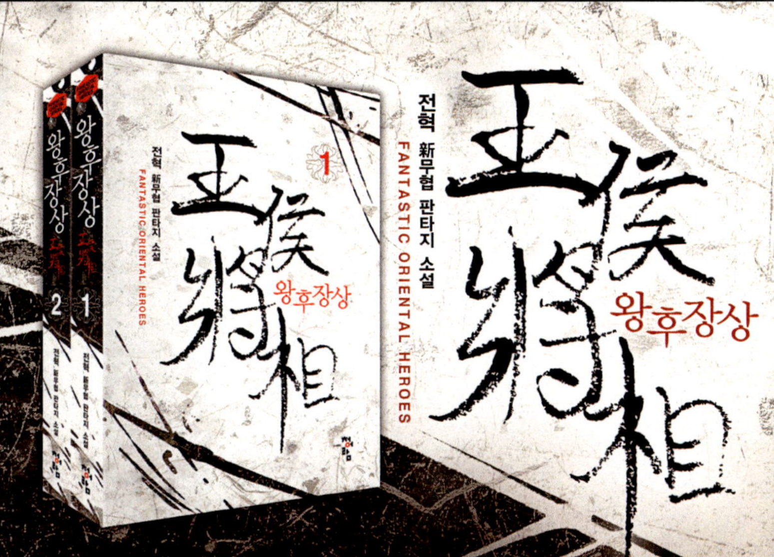

『월풍』, 『신궁전설』의 작가 전혁이 전하는
유쾌, 상쾌, 통쾌 스토리, 『왕후장상』!

문서 위조계의 기린아 기무결.
사기 쳐서 잘 먹고 잘살던 그에게 날벼락이 떨어졌다.
바로 녹슨 칼에서 나온 오천만 냥짜리 보물지도!

기무결에게 내려진 숙제,
오천만 냥을 찾아라!

그러나 꼬인 행보 끝 도착한 곳은 동창의 감옥이었으니…….

"으아악! 이게 뭐야!! 무림맹이 왜 여기 있는 거야!"

천하제일거부를 향한 기무결의
끝없는 도전이 시작된다!

Book Publishing CHUNGEORAM

유행이 아닌 자유추구 -
WWW. chungeoram.com

용마검전
FANTASY FRONTIER SPIRIT
김재한 판타지 장편 소설

「폭염의 용제」, 「성운을 먹는 자」의 작가 김재한!
또다시 새로운 신화를 완성하다!

『용마검전』

사악한 용마족의 왕 아테인을 쓰러뜨리고
용마전쟁을 끝낸 용사 아젤!

그러나 그 대가로 받은 것은 죽음에 이르는 저주.
아젤은 저주를 풀기 위해 기나긴 잠에 빠져든다.

그로부터 220년 후……

긴 잠에서 깨어난 아젤이 본 것은
인간과 용마족이 더불어 살아가는 새로운 세상이었다.

Book Publishing CHUNGEORAM

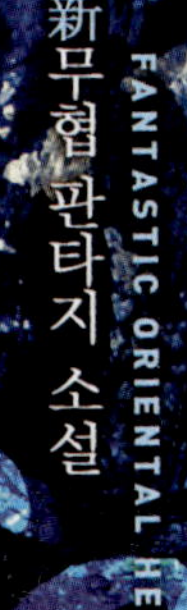

허담 新무협 판타지 소설

검은별

하늘아래 모든 곳에 있고,
결코 사라지지 않는다.

세상은 그들을 멸시하지만,
세상의 모든 야망가가 은밀히 거래한다.

선과 악이 어우러지고,
어둠과 밝음이 서로를 의지하듯
세상의 빛 그 아래 존재하는 자들.

무수한 별이 빛을 잃어 어둠을 먹고사는
검은 별이 되어 살아가는,
그리하여 세상 모든 사람이 두려워하는…
그들은 유령문이다!

Book Publishing CHUNGEORAM

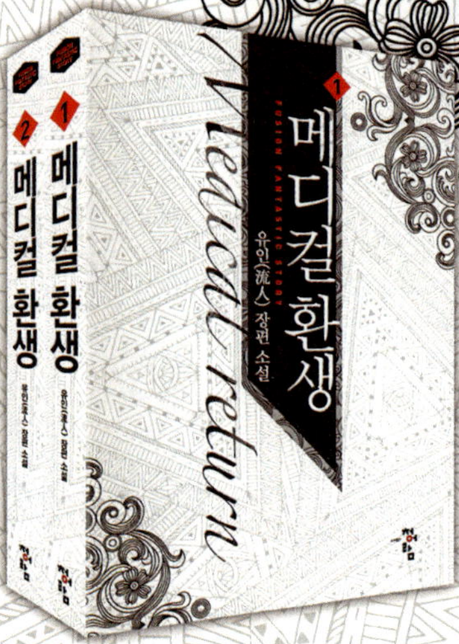

메디컬 환생

FUSION FANTASTIC STORY

유인(流人) 장편 소설

Medical return

연재 사이트 베스트 1위!
어디에서도 볼 수 없었던 천재 의사가 온다!

『메디컬 환생』

언제나 실패만 거듭해 온 의사 진현,
그런 그에게 찾아온 인연의 끈이 있었으니.

"다시 삶을 살면… 어떤 삶을 살고 싶으신가요?"

다시 한 번 주어진 인생
이번엔 반드시 성공하리라!

Book Publishing CHUNGEORAM